– 게오르크 트라클 시선집 –

Georg Trakl ausgewählte Gedichte
(1887-1914)

떠나간 자의 노래
Gesang des Abgeschiedenen

이 정 순 옮김

– 게오르크 트라클 시선집 –

Georg Trakl ausgewählte Gedichte
(1887-1914)

차례

제3부

꿈과 정신착란 *Traum und Umnachtung*

떠나간 자의 노래 *Gesang des Abgeschiedenen*

계시와 몰락 *Offenbarung und Untergang*

게오르크 트라클 해설

MUSIK IM MIRABELL

Erster Teil

Ein Brunnen singt. Die Wolken stehn
Im klaren Blau, die weißen, zarten.
Bedächtig stille Menschen gehn
Am Abend durch den alten Garten.

Der Ahnen Marmor ist ergraut.
Ein Vogelzug streift in die Weiten.
Ein Faun mit toten Augen schaut
Nach Schatten, die ins Dunkel gleiten.

Das Laub fällt rot vom alten Baum
Und kreist herein durchs offne Fenster.
Ein Feuerschein glüht auf im Raum
Und malet trübe Angstgespenster.

Ein weißer Fremdling tritt ins Haus.
Ein Hund stürzt durch verfallene Gänge.
Die Magd löscht eine Lampe aus,
Das Ohr hört nachts Sonatenklänge.

GEORG TRAKL
1887 - 1914

아름다운 도시

Die schöne Stadt

쇠락衰落

Verfall, 1909-1911

저녁녘, 만종소리 평온을 울리면,
나 철새 떼의 오묘한 비상을 좇는다,
경건한 순례자 대열인 듯 길게 무리지어,
가을 화창한 하늘가로 아스라이 사라져간다.

노을빛 가득한 정원을 두루 거닐며
저들의 보다 밝은 운명을 향해 꿈을 꾼다.
시침時針 도는 소리 거의 알아채지 못할 정도로
그렇게 구름 너머 저들의 여로를 좇고 있었다.

불현듯, 한 가닥 숨결에 나 쇠락을 향해 전율한다.
지빠귀 떼 헐벗어 앙상한 가지에서 울부짖고,
붉은 포도넝쿨은 녹슨 난간에 걸려 한들거린다,

그사이 파리한 아이들의 죽음의 원무처럼
풍상에 부식된 거뭇한 분수 가장자리 주위에는
바람 속에 오들오들 떨며 파란 아스터 꽃¹들이 갸웃거린다.

---

1 Aster : 과꽃과 종이 같으며 모양도 비슷하지만 야생화이다.

물의 요정

Melusine, 1909-1911

무엇이 나를 깨워 일으켰을까?
아이[2]야, 한밤중 꽃잎들이 떨어진 거였구나!

누가 그다지도 슬프게 속삭일까, 꿈결처럼?
아이야, 봄이 방안을 지나가고 있는 거란다.

오 보아라! 그 얼굴은 눈물을 흘리느라 창백하잖니!
아이야, 봄이 아마도 너무 풍성하게 만개했나 보다.

그 입 얼마나 활활 불타고 있는지! 왜 나 눈물을 흘릴까?
아이야, 네 안의 나의 삶에다 입을 맞춘다!

누가 나를 이리도 억세게 껴안는 것일까, 누가 내게로 몸을
굽히는 것일까?
아이야, 너의 두 손을 포개 잡아 본다.

---

2 트라클의 시 속에 "아이"(Kind)는 자주 나오는 모티프로 누이동생을 환기하고 있는 경우
가 대부분이다.

이제 나 어디에로 가야 하나? 나의 꿈 그리도
　　　　　　　아름다웠건만!
아이야, 우리는 하늘나라로 가고 싶었지.

얼마나 근사할까, 얼마나! 누가 그처럼 나직이 미소를 지을까
그때 그녀의 두 눈동자 하얘졌지 —

그때 모든 빛들은 모조리 꺼져버렸지
깊은 밤중이 나부끼며 집안 곳곳으로 퍼져나갔지.

밤에 부치는 노래[3]

Gesang zur Nacht, 1909

I

어느 숨결의 그림자에서 태어나
우리는 쓸쓸히 버려져 방랑하며
영원永遠 속에서 길을 잃고 헤맨다,
무엇을 위해 제물로 바쳐졌는지 모르는 흡사 희생물처럼.

걸인乞人처럼 우리는 아무것도 소유한 게 없지
우리 바보들 굳게 잠긴 대문 앞에서.
맹인처럼 우리의 속삭임이 저절로 유실되는
침묵에다 귀를 기울인다.

우리는 정처 없는 방랑자들
바람에 나부끼는 구름들,
얼어 죽을듯한 추위 속에 오돌오돌 떨고 있는 꽃들
베어버릴 때까지 기다린다, 기다린다.

---

3 유고시

II

마지막 고뇌가 나에게서 철저히 처형된다 해도
나 반항하지 않으리, 그대들 적의에 찬 어두운 위력이여.
그대들은 거대한 적막에로 이어진 거리距離들이지
극심한 추위에도 밤을 향해 우리는 그 위로 걸어간다.

그대들의 호흡이 나를 더 요란스레 불태운다, 그러나
참아라! 별이 빛을 잃고, 꿈이 사라질 테니
우리 이름도 모르는 저 나라에서는
꿈도 없이 다니기만 할 수 있는 저 나라에서는.

III

그대 어두운 밤이여, 그대 어두운 심장이여,
그 누가 그대들의 가장 신성한 근거들을 반영하는가
그대들 악의의 최후의 심연을?
가면은 경직硬直한다 우리의 고통 때문에 –

우리의 고통 때문에, 우리의 기쁨 때문에
텅 빈 가면의 석화石化된 웃음 때문에,
속세[4]의 사물들이 거기 부딪쳐 파열을 일으키지

---

4 irdne - 흙으로 이루어진(만들어진) 오지 그릇 따위 옮긴이는 irdne보다 irdisch-(속세의)

우리 자신은 의식도 못 하는 사이.

우리 앞에는 어느 낯선 적이
무엇 때문에 죽을힘을 다해 투쟁을 하는지 비웃는 그 적이,
더욱 우울하게 우리의 노래를 울리지만
우리 안에서 울고 있는 것을, 모르는 체 놔두고 있지만.

IV
그대는 취하게 만드는 포도주,
이제 나 감미로운 춤사위 속에 출혈을 한다
나의 고통을 꽃과 함께 화환으로 엮어야 하리!
그것이 그대의 가장 심오한 의미가 되리니, 오 밤이여!

그대의 품안에 놓인 나, 하나의 하프.
내 마음속 그대의 음울한 노래는
이제 내 최후의 고통을 위해 투쟁을 한다.
그러곤 나를 영원케 한다, 실체 없이.

로 보았다

V

깊은 적요 – 오오 깊은 적요여!
어떤 경건한 종소리도 울리지 않는구나,
감미로운 슬픔에 잠긴 성모님[5], 그대여 –
그대의 평화는 죽음에 직면해 있다오.

그대의 서늘한, 선량한 두 손으로
상처들을 닫아 가려주오 –
속안을 향해 출혈하도록 –
감미로운 슬픔의 성모님 – 그대여!

VI

오 나의 침묵이 그대의 노래이게 해주오!
가난한 자의 속삭임이 삶의 정원에서 떠나버린
그대에게 무슨 소용이란 말인가?
그대 나의 내면에 무명無名으로 존재하라 –

내 안에 꿈도 없이 주조鑄造된
마치 울리지 못하는 종처럼,
내 고통의 감미로운 새 신부처럼

---

5 Schmerzensmutter : 예수 그리스도의 수난 후 고통을 당하시는 성모 마리아를 가리킴.

양귀비에 취한 나의 수면睡眠처럼.

VII

꽃들이 땅바닥에서 죽어가는 것을 나 들었지
옹달샘물의 취한 듯한 비탄소리를
종의 입에서 나오는 노래 한 곡을,
밤이여, 속삭여주었던 질문 하나.
그리고 심장이여 — 오 치명적인 상처여,[6]
그 심장의 가엾기 그지없던 나날의 피안에서.

VIII

암흑이 나를 묵묵히 꺼버렸으니,
나 낮이면 하나의 죽은 그림자가 되었네 —
나 환희의 집에서 나와
밤 속으로 걸어갔네.

이제 나의 심장 속에는 침묵 하나만 살고 있지
황량한 낮을 지나고 나면 그게 느껴지질 않네 —

---

6 종의 입(Glockenmund) : 예수의 죽음을 확인하기 위해 심장 부위를 창으로 찔러 낸 상처
를 뜻한다. 그리하여 예수의 상처를 오상(五傷)이라고 하는 것이다.

그러곤 가시처럼 나를 향해 냉소를 머금지,
밤이여 — 언제 언제까지나!

IX

오 밤이여, 나의 고통 앞에 그대 말없는 대문이여,
이 어두운 성흔聖痕들[7]이 치명으로 출혈을 한다
그 고통이라는 환희의 잔을 한껏 기울여라!
오오 밤이여, 나 태세를 갖추었노라!

오오 밤이여, 세상과 차단된 내 가난의 광휘를 둘러싼
그대 망각의 정원이여
포도 잎은 시들어가고, 가시관[8]도 시들어간다,
오오 오라 그대 고귀한 시간이여!

X

언젠가 나의 악령이 조소하였지,
나 그적에 희미하게 아른거리는 정원들의 한 줄기 빛이었고

---

7 성흔들(Wundenmal) : 예수님이 십자가에 못 박혀 생긴 4개 상처와 죽음을 확인하기 위해 창으로 심장 근처를 찔러보아서 생긴 상처 등 모두 5개의 상흔이 남아 있다고 함. 이를 거룩한 상흔이라 하여 거룩한 상처라고 하여 '성흔'이라고 함. 기독교에서는 특히 가톨릭교회에서는 가끔 성인들이 이 5개의 성흔이 몸에 생기고 출혈을 일으키는 등의 황홀경(Ekstase)에 빠지는 기적이 나타난다고 함.

8 가시관(Dornenkranz) : 가시관은 예수가 처형되기 전 고문당할 때 조롱하기 위해 가시로 왕관을 만들어 씌웠다고 함.

놀이와 춤을 벗 삼고 있었으며.
도취하게 만드는 사랑의 포도주와 벗 삼고 있었으므로.

언젠가 나의 악령이 눈물을 흘렸지.
그적에 나 고통스러운 정원 안에서 한 줄기 빛이었고
겸허와 벗 삼고 있었으며
그 광휘가 빈곤의 집을 비춰주고 있었으므로.

그러나 이제 나의 악령은 울지도 웃지도 않으니,
나 잃어버린 정원들의 그림자
죽은 듯 어두운 벗을
텅 빈 자정子正의 침묵을 벗으로 삼고 있네.

XI

너를 쟁취하려 안간힘했던 나의 가련한 미소와,
나의 흐느끼는 노래는 암흑 속에서 잦아들었다.
이제 나 가는 길 종말을 향해 가리라.
너의 대성당 안으로 나를 들어가게 해다오
예전 언젠가처럼, 바보이고, 단순하며 경건하게,
그리고 묵묵히 예배하며 네 앞에 서있게 해다오.

XII

그대는 깊은 자정子正 속에 존재하지
침묵하는 바닷가 어느 죽은 해변
어느 죽은 해변은 더 이상 존재치 않으리라!
그대 깊은 자정 속에 존재하지.
그대 깊은 자정 속에 존재하지
그대가 별로서 반짝였던 그 하늘,
어느 신도 더 이상 꽃피어나지 않는 어느 하늘.
그대 깊은 자정 속에 존재한다.

그대 깊은 자정 속에 존재한다,
감미로운 자궁속에 수태受胎되지 않는 자,
결코 존재한 적 없는 자, 실체도 없이!
그대는 깊은 자정 속에 존재한다.

성 페터 묘지

St. Peter-Friedhof, 1909

빙 둘러 암석의 고독이 깃들어 있고.
죽음의 창백한 꽃들이 무덤 위에서
떨고 있네, 어둠 속에서 슬퍼하는 꽃들 ―
그러나 이 슬픔에는 고통이 동반되지는 않지.
말 없는 순례자들이 저희를 기다리는
꿈이 폐쇄된 이 정원 안으로
하늘은 조용히 내려다보며 미소를 머금네.
매 무덤 위에는 십자가가 지켜 서있고.
교회는 영원한 은총의 상 앞에 드리는
기도처럼 솟아있네,
많은 촛불들이 아케이드 아래 불타고 있고,
묵묵히 가여운 영혼들을 위해 간원하는 촛불들 ―
죽음의 모습을 덮어 가려주기 위해
나무들은 한밤중이건만 만발해 있네,
아른대며 반짝이는 충만한 그 아름다움 속에
이제 망자들은 한결 더 깊은 꿈을 꿀 수 있으리라.

미라벨궁[9]의 음악회

Musik im Mirabell, 1909-1911

분수물이 노래를 부르고. 구름이 청명한 하늘에
떠 있다, 순백의, 부드러운 구름들.
사색에 잠긴 조용한 사람들이
저녁녘 오래된 정원을 두루 거닌다.

조상님의 대리석상은 노쇠했구나.
철새 떼 한 무리 아스라이 비상한다.
죽은 눈을 한 목신[10]牧神 하나이 바라본다,
어둠속으로 흘러가는 그림자를 향해.

고목에서는 나뭇잎들 빨갛게 떨어져
빙글빙글 선회하며 열린 창문으로 들어온다.
방안에는 촛불 한 가닥 타오르며
희미한 공포의 유령을 그려놓는다.

하얀 낯선 객이 집으로 들어오니,

---

9 트라클의 생가가 있는 오스트리아 잘쯔부르크(Salzburg)의 바로크 양식의 궁전.
10 그리스 신화 속의 반인반신(半人半神)의 목양신(판Pan신). 바람쟁이로 숲의 요정들을 쫓아
　　다녔다.

개 한 마리 무너진 통로들을 지나 고꾸라지듯 내닫는다.
하녀가 호롱불을 꺼버리니,
귀는 밤이면 소나타 소리를 듣는다.

어두움이 깔린 골짜기 평야

Das dunkle Tal, 1909-1911

소나무 숲속에는 까마귀 떼 퍼드덕대고
파르스름 녹색 저녁안개 피어오르자
바이올린 소리 꿈결처럼 울리니
하녀들은 선술집 무도장으로 달려간다.

취객들의 웃음소리, 고함소리 들리고,
고목古木의 주목 사이로 돌풍이 지나간다.
흙 빛깔의 유리창 가에는
춤추는 사람들의 그림자들이 시체처럼 휙휙 지나간다.

포도주와 백리향 향기 퍼져나가고
숲속으로는 외로운 이[11]의 외침이 메아리친다.
걸인 무리들이 계단 위에 웅크리고 엿보다
구걸하기 위해 부질없이 몸을 일으킨다.

들짐승 한 마리 개암나무 덤불 속에서 철철 출혈을 하고

---

11 오래된 이(der Einsame) : 트라클 시에 자주 나오는 주된 모티프(leit Motiv) 중의 하나로
많은 경우 서정적 자아이기도 하다.

거대한 나무 아케이드가 얼음 같은 구름에 과중이 걸려
후덥지근하게 흔들린다.
연인들은 부둥켜안고 늪가에서 쉬고 있다.

오래된 정원에서

In einem alten Garten, 1909-1911

레제다[12] 꽃향기 갈색 초원에서 일렁이며 나부끼다 잦아들고
가물거리는 은결 빗줄기 아름다운 연못 위로 내리깔리면
버드나무들은 하얀 너울을 쓰고 서 있다
그 속에서는 나비들이 난무하며 원들을 마구 그린다.

저기 인적 없는 테라스는 양지에서 햇볕을 즐기고,
금붕어들은 수면경水面鏡 깊숙이 반짝거리는데,
드문드문 구름들이 능선너머로 헤엄쳐 넘어간다,
낯선 나그네들 또한 느릿느릿 다시 길을 떠난다,

나뭇잎들은 눈부시게 반짝거린다, 젊은 여인네들이
이른 아침 이곳을 지나갔기에,
그네들의 웃음소리 자잘한 나뭇잎에 걸려 머물러 있었기에,
황금빛 모래둔치에서는 술에 취한 목신牧神이 춤을 춘다.

---

12 레제다 -Reseda, Resede - 목서초 속의 식물로 양귀비 과에 속하며 옛날에는 진통제로 쓰
였다고 함. 지중해 지역에서 주로 서식하며 특히 향기가 더 좋은 품종도 있다고 함.

빛나는 시간

Leuchtende Stunde, 1909-1911

멀리 구릉 기슭에는 피리소리.
목신들이 늪가에서 엿듣는다,
거기 늪지에는 갈대와 해조海藻 속에 몸을 감추고
호리호리한 님프 요정들이 노닥거리며 쉬고 있지.

연못의 수면경 속에는 금빛 나비들이 황홀경에 빠져있고
우단 같은 잔디밭에서는 가만가만
등에 뿔이 두 개 달린 짐승 한 마리가 꿈틀댄다.

아내의 행복

Frauensegen, 1909-1911

마누라 밑에서 너 괴성을 지르다
문득 민망하여 미소를 짓는다.
그렇게 불안한 나날들이 왔다
양귀비꽃이 울타리에서 시들어간다.

너의 몸뚱이가 그렇게 부풀어가듯
언덕에는 포도가 황금빛으로 익어간다.
멀리 연못의 수면이 반짝이고
낫 소리 들판에서 쨍그랑댄다.

덤불숲에서는 이슬방울이 굴러
빨간 잎으로 흘러내리고.
저네 사랑스런 마누라에게 인사를 보내느라
굴뚝청소부 하나 갈색으로 꺼칠하니 네게로 다가온다.

아름다운 도시

Die schöne Stadt, 1909-1911

햇빛 환한 옛 광장들은 말이 없고
푸른빛과 금빛으로 깊숙이 엮어 짜여져
부드러운 수녀님들이 꿈결처럼 서둘러 간다
후덥지근한 너도밤나무 아래 침묵 속으로.

누런 갈색**13**으로 조명된 교회에서는
죽음의 정갈한 영정影幀들이 바라본다,
위대한 영주님들의 문장紋章들도.
교회 안에는 왕관들이 은은한 빛으로 아른댄다.

분수에서는 준마駿馬들**14**이 솟아오르고.
날카로운 꽃잎들이 나무에서 위협을 한다
꿈에서 깨어나 어리둥절한 소년들이
저녁이면 거기 분수 가에서 조용히 놀고 있다.

아가씨들은 성문 가에 서서

---

13 교회는 보통 조용하고 밝고 환하다.
14 돌이나 청동 따위로 조각된 말의 무리일 것이다.

수줍게 온갖 다채로운 삶 속을 들여다 본다.
촉촉한 입술들 파르르 경련을 일으키며
성문 가에서 마냥 기다린다,

종소리 쟁그랑쟁그랑 전율하고,
행진 소리와 보초병의 구호 소리 메아리친다.
층계 위에서는 낯선 객이 귀모아 엿듣고
높이 창공에는 오르간 소리 가득하다.

윤기 자르르한 악기들이 노래를 부른다.
정원의 나뭇잎 가장자리 사이로
아리따운 귀부인들의 웃음소리 요란하고,
젊은 엄마들은 나직이 자장가를 부른다.

화분 가득한 창문가에서는 은은히
향 태우는 연기 타르와 라일락 향기 풍겨오고,
창가의 꽃무리 사이로
지친 눈꺼풀이 은빛으로 파르르 경련을 일으킨다.

뇌우 치는 저녁

Der Gewitterabend, 1909-1911

오오 붉게 물든 저녁시간!
담쟁이넝쿨 이파리가 파랗게 감겨 오르며
열린 창문가에 한들한들 팔락이고
저 안쪽에는 불안의 유령이 둥지를 튼다.

뽀얀 먼지가 시궁창 냄새 속에 춤을 추고.
바람은 창살에 부딪쳐 덜컹거리니,
한 무리 사나운 야생마들
날카로운 구름이 번쩍 내닫는다,

요란스레 연못의 수면경水面鏡이 산산이 조각나고.
갈매기 떼 창틀에서 울부짖는다.
화염火焰의 기사[15]騎士가 언덕에서 달려 나와
전나무 속에서 불꽃으로 산화散火한다.

병원에서는 환자들 신음소리 요란하고.
파르스름한 밤새가 휘이익 날아가는 차.

---

15 옛 민간 신앙으로 붉은 모자를 쓰고 화재현장에 나타나 불을 끈다고 함.

돌연 번쩍이며 소용돌이치면서
소낙비가 지붕위로 쏟아져 내린다.

그림자

Der Schatten, 1909-1911

오늘 아침 정원에 앉아 있노라니 −
나무들은 파란 꽃무리 속에 뒤덮여 있고,
지빠귀와 종달새의 지저귐으로 만공滿空한데 −
잔디밭에서 내 그림자를 보았네,

무시무시하게 일그러져, 괴이한 짐승 한 마리,
그것은 내 앞에 악몽처럼 펼쳐져 있었네.

나 발걸음을 옮기며 몸을 부르르 떨었네,
분수 물 한 줄기 푸르름 속으로 노래를 부르니
한 송이 꽃봉오리는 자홍색으로 터지고
그 짐승은**16** 내 곁으로 다가왔네.

---

16 그 짐승: 그림자가 짐승 모양으로 보이는 상.

여름의 황혼

Sommerdämmerung, 1909-1911

녹색 천궁 속에 별 하나 유난히 깜빡이고
양로원에서는 새벽이 가까워 옴을 예감한다.
지빠귀들은 관목 덤불 속에 숨어 지저귀고
수도원의 종소리는 꿈결처럼 아스라이 사라져간다.

입상立像 하나 광장에 곧추솟아 흰칠하고 쓸쓸한데
농가 뜰 빨간 화단에는 땅거미가 진다.
목재 발코니 주위의 대기는 무더위에 부르르 떨고
파리 떼들은 악취를 찾아 나직이 비실댄다.

뒤엉킨 팔다리들, 입술들, 보드라운 젖가슴들을
저기 창문 앞 은빛 커튼이 가려준다.
탑신塔身에서는 단단한 망치소리 울리고
하늘의 닫집에서는 달이 하얗게 사위어간다.

유령 같은 꿈의 화음이 일렁이며 나부껴가고
교회 문밖으로 수도사들이 나타나
무한대 속으로 걸어가 행방불명된다.
눈부신 산마루가 하늘가에 몸을 일으킨다.

묘지에서

Am Friedhof, 1909-1911

풍상으로 푸석한 묘석이 후끈하게 달아올라 솟아있고,
노란 향연香煙의 엷은 연기가 일렁인다.
벌들은 웅웅대며 무리지어 난무亂舞하고
꽃무리 울타리가 부르르 진저리친다.

저기 양지바른 적막한 담장 가에
기차 한 대 느릿느릿 꿈틀대다
이미 가물가물 사라진다, 마치 관棺인듯 −
만가輓歌 소리[17] 깊숙이 우박소리마냥 잦아든다.

푸른 녹음綠陰 속에서 오래 엿듣다,
관목 덤불을 한결 더 밝게 비추게 한다.
오래된 묘비들 위에서는
갈색 하루살이 떼들이 뽀얗게 부유한다.

---

17 기차의 기적소리를 "만가"로 보았다.

인적이 끊어진 방에서

In einem verlassenen Zimmer, 1909-1911

창문들, 아롱진 화단들,
오르간 연주 소리 흘러들어오고.
진기하게 멋지게 대열을 지어
그림자들이 양탄자 위에서 기막히게 멋진 원무를 춘다.

덤불숲 화르르 불타며 나부끼고
하루살이 떼들이 허공에 부유하는데,
멀리 들판에서는 곡식 단 자르는 낫 소리
오래된 실개천이 노래를 부른다.

누구의 숨결이 나를 이리 애무하며 오느냐?
제비들은 혼란스런 징표徵標를 그리며 날아가
나직이 흘러간다, 무한대 속
저기 황금빛 숲의 나라로.

화단 안에는 불꽃들이 팔락이고
그 멋진 원무는 정신없이 경련을 일으킨다,
노란 색깔의 양탄자 위에서.
누군가 문 쪽으로 들여다본다.

향 태우는 냄새 감미롭게 배 맛으로 풍기고
유리창과 장롱들에는 황혼이 깃든다.
뜨거운 이마는 느릿느릿
하얀 별들 쪽으로 기울인다.

동화

Märchen, 1909-1911

폭죽들이 노란 햇빛 속에 불꽃을 튕기며 흩어진다.
오래된 공원에 이 무슨 소란인가.
풍경들이 잿빛 하늘가에 반사되고
이따금 목신이 소름끼치게 외치는 소리 들린다.

목신의 찡그린 표정이 임원林苑에서 요란스레 모습을 드러내자
냉이 밭 속에서는 뒤엉벌들의 살육의 소동이 미친 듯 난무한다.
기사 하나 퇴색한 백마를 타고 달려가고
포풀러 나무들은 제멋대로 대열을 만들어 늘어서서는 번들거린다.

오늘 연못 속에 빠져 익사한 작은 소녀는
을씨년스러운 방속에 성녀 되어 안식을 취하고
구름의 희미한 빛이 줄곧 눈부시게 비춰준다.

노파들은 남루하게 병약한 채로 온실로 들어가
시들어 말라버린 꽃에다 물을 준다.
대문가에서는 음성들이 미몽속에서처럼 수근댄다.

달빛 속에서

Im Mondschein, 1909

생쥐들과 시궁쥐들, 한 무리 독충 떼들이
달빛 속에 아른아른 윤기 나는 마루청에서 소란을 피운다.
바람은 꿈결처럼 울부짖으며 신음하고.
창가에는 자잘한 나뭇잎 그림자가 바르르 떨고 있다.

때때로 나뭇가지 사이에서는 새들이 지저귀고
거미들이 피폐한 담장 가를 기어 다닌다.
텅 빈 회랑을 따라 희미한 얼룩들이 파르르 떨고,
집 안에는 야릇한 침묵이 깃들어 있다.

뜰에는 촛불들이 썩은 목재와 쇠락한
잡동사니 위에서 비춰주며 사위어가고
별 하나 시커먼 웅덩이 속에서 찬란히 반짝인다.
형상들이 옛 시절에서 나와 거기 여전히 서있다.

다른 사물들의 윤곽들도 보인다,
곰팡이 핀 문패들 위에서 퇴색한 문서들
그 색조들은 아마도 기분 좋은 그림들에서 나온

것일는지도, [18]

성모 마리아의 옥좌 앞에서 노래를 부르는

천사들일는지도.

---

18 heiteren : 기분좋은(명랑한) : 중세의 문서나 그림에는 특유의 색조로 화려하게 그려져 장
식되어 있다.

저녁의 멜랑콜리

Melancholie des Abends, 1909-1911

— 횡사横死하여 널찍하게 확장된 숲 —
그 주위에는 그늘이 빙 둘러 쳐있다, 울타리처럼.
잠복해 있던 들짐승이 부르르 몸을 떨며 나온다,
계곡물 한줄기 도르르 도르르 사뭇 낮은 소리로 굴러가면

양치와 해묵은 자갈돌도 따라 구르고,
꽃잎을 꿰어 엮은 장식에서 은빛으로 반짝인다.
머잖아 숲 소리 들리겠지, 검은 심연 속에서 —
어쩌면, 별무리 또한 이미 반짝이겠지.

어두운 평원은 가없이 보이는데,
여기저기 산재한 마을들, 늪지들, 연못들,
그리고 무언가가 불길 앞에 너를 기만하겠지.
싸늘한 빛살이 거리 위로 휘익 지나간다.

하늘 위에서는 뭔가 움직임을 예감할 수 있지,
야생의 철새무리가 방랑길에 오르는가 보구나
저쪽 나라를 향해, 아름다운 고장, 색다른 곳을 향해
갈대의 흔들림 곧추 일어섰다 가라앉았다 한다.

화창한 봄

Heiterer Frühling, 1909-1911

1

싯누런 휴경지休耕地를 지나 흐르는 시냇가에는
지난해의 마른 갈대들이 여전히 흔들리고,
잿빛을 뚫고 음향들이 아름답게 미끄러져 잦아든다,
따스한 아지랑이의 숨결이 나부낀다.

버드나무에는 버들강아지들이 매달려 바람 속에 한들대고
어느 병사는 꿈속에서 제 구슬픈 노래를 부른다.
기다란 풀밭은 쇄쇄 바람에 흩날려 빈약하기 짝이 없고,
어린아이 하나 보드랍고 여린 윤곽으로만 서있다.

저기 자작나무들, 검은 가시덤불 숲,
그 역시 연기 속에 형체가 풀어헤쳐져 도주한다.
보드라운 연두색은 피어나고 다른 것들은 썩어 가는데,
두꺼비들은 어린 부추 사이로 기어들어간다.

2

너를 충실히 사랑한다, 너 튼실하고 헤픈 빨래하는 처녀여,
하늘의 강물은 여전히 황금빛 짐을 싣고서.
작은 물고기 한 마리 반짝 튀어 솟구치더니 사라진다.
밀랍 얼굴이 오리나무 사이를 지나 흘러간다.

정원마다 종소리 길고 나직이 잦아들고
작은 새 한 마리 미친 듯 지저귄다.
여린 무른 낟알이 조용히 부풀어 올라 환호하고
벌들은 여전히 근면하고 부지런히 꿀을 모은다.

자, 오라 사랑이여 곤한 일꾼에게로!
그의 오두막에는 포근한 햇살이 흘러내리고
숲은 저녁내 세차게 휘몰아치다 잠잠하게 가라앉다 하는데
봉오리들은 불현듯 명랑하게 속살거린다.

3

그러나 모든 살아있는 것들은 얼마나 병색이 완연한가!!
열병의 기운이 촌락 주변을 맴돌자,
나뭇가지에서는 부드러운 정령精靈 하나 손짓을 하며,
다정한 마음을 널리 불안하게 열어준다.
피어나는 한 번 사정射精이 극히 조심조심 흘러들고
태胎내의 것은 저 스스로 안전을 챙긴다.
연인들은 저네 별들을 향해 피어나고
그들의 숨결 밤새도록 더욱 감미롭게 흐른다.

참으로 아프도록 심오하게 진실 되구나, 살아있는 것들은,
오래된 암석이 너에게 살며시 대어온다,
참으로! 나 언제까지나 너희 곁에 있으리.
오오 입이여! 은빛 버들가지 사이로 떨고 있는 입이여.

밤에게 들려주는 이야기

Romanze zur Nacht, 1909-1911

별무리로 지어진 닫집 아래 한결 더 쓸쓸히
꿈에서 깨어나 어리둥절한 소년이
적막한 자정子正을 가로질러 지나간다,
달빛 속에 얼굴은 잿빛으로 핼쑥하여져.

산발한 백치白痴 여인이
창문난간 곁에서 꺼이꺼이 오열하고.
연못 위에는 연인들이 그리도 아름답게
감미로운 향로를 흘러간다.

살인자는 포도주에 취해 핼쑥하여져 미소를 짓는데,
환자는 죽음의 단말마에 몸부림친다,
수녀님은 구세주의 십자가 고통 앞에
상처받고 영락한 모습으로 기도를 드린다.

어머니는 잠속에서 나직이 자장가를 불러주고.
아기는 그지없이 참된 두 눈으로.
평온하게 밤 속을 내다본다,
유흥가에서는 웃음소리 요란하다.

대낮 햇빛 받아 저 아래 지하실 채광창 속에서는
망자가 창백한 손으로 벽에다
입을 비죽이며 침묵을 그리고.[19]
잠든 자 연신 중얼거린다.

---

19 서구의 성이나 궁궐 지하실에는 조상들의 시신이나 관이 모셔져 있곤 한데 지하묘실
(Mousoleum)이라고 한다.

삶의 혼

Seele des Lebens, 1911

살며시 나뭇잎을 음산하게 휩싸는, 쇠락이여
숲 속에는 쇠락의 가없는 침묵이 깃들어 있네.
머잖아 어느 마을인가가 유령처럼 폭삭 가라앉는 듯 보이겠지.
누이의 입이 검은 가지 사이에서 소곤거리네.

외로운 이[20] 머잖아 미끄러져 떨어지리라.
아마도 어느 양치기가 어두운 오솔길에서.
짐승 한 마리 수목아케이드에서 살금살금 나타나고, 신성神聖 앞에
눈꺼풀을 치켜뜨네.

푸른 강물은 아름답게 하류로 흘러가고,
저녁이 되자 뭉게구름이 제 몸을 보여주네,
영혼 또한 천사 같은 침묵 속에 저를 드러내고.
덧없는 형상들이 침몰하네.

---

20 외로운 이, 고독한 자("der Einsame") : 트라클의 시 속에 자주 나오는 모티프로 시적 자
아일 경우가 대부분이다. 앞에 '누이'(schwester)의 모티프로 나오고 있음을 유의할 것

가단조短調 속의 겨울산책

Wintergang in A-Mol, 1912

종종 빨간 동그란 열매들이 나뭇가지에서 떨어져
오래 내린 강설에 포근히 거무스름 눈 속에 파묻힌다.
신부님은 망자의 장례식을 집전하고.
밤들은 가면무도회의 축제로 흥청댄다.

마을 위로 산발한 까마귀들이 줄지어 날아가고,
책속에는 근사한 옛이야기들이 기록되어 있는데,
노인장 한분의 머리칼이 창가에 부딪히며 펄럭이자,
악귀들이 병든 영혼을 관류하며 지나간다.

분수는 뜰에서 얼어붙었고. 어둠 속에서 쇠락한
계단들이 가파르게 내리닫는데
바람이 묻혀버린 해묵은 수갱竪坑 사이로 불어간다,
구강口腔은 서리의 진한 양념 맛이 난다.

작은 음악회

Kleines Konzert, 1912

꿈처럼 그대를 뒤흔드는 빨강색 하나 –
그대의 양손 사이로 태양이 빛을 뿜는다.
그대의 심장이 환희에 차 미친 듯
무슨 행위에론가 조용히 예비하는 것을 그대 느낀다.

정오에는 갈색 들판이 강물 되어 흐르고,
귀뚜라미 노랫소리 들릴 듯 말 듯,
수확하는 이들의 힘찬 낫 놀림 소리.
황금빛 숲은 간단히 침묵해버린다.

녹색 웅덩이에는 부패의 열기가 비등하고.
물고기들은 조용히 멈춰있다.[21] 신의 입김이
수증기 속에서 현악연주 한 곡을 조심스레 깨운다.
강물은 나병환자들에게 완쾌를 손짓한다.

다달로스[22]의 망령이 푸른 그늘 속에 일렁이며 떠다니고,

---

21 살아있는 물고기는 끊임없이 움직인다.
22 그리스의 명장 다이달로스는 크레타섬에 미궁(Labyrinth)을 지었다고 함.

개암나무 가지 속에는 우유냄새 스며있다.
선생님의 바이올린 켜는 소리 오래도록 들려오는데,
텅 빈 농가 뜰에 시궁쥐들이 찍찍대는 소리 가득하다.

역겨운 벽걸이 융단의 항아리 속에는
한결 서늘한 바이올렛색깔이 피어있고.
누더기 속에서 음울한 음성들이 서서히 사위어들었지,
피리소리의 종지화음終止和音 속 나르씨스.[23]

---

23 그리스 신화에서 물에 비친 자신의 모습에 홀려 익사하여 수선화가 되었다는 미소년의
이름.

저녁의 뮤즈

Abendmuse, 1912

원화창圓華窓[24]에로 종탑 그림자와
황금빛이 다시 돌아오고.
뜨거운 이마는 안식과 침묵 속에
불길이 꺼져간다.
분수물 한 줄기 어둠 속에 마로니에 가지에서 떨어지면 –
그대 느끼리, 좋구나![25] 마비되어가는 통증 속에서.

시장판에는 여름철 과일과 야채묶음들의 자리가 휑하니
비어있고.
성문들의 장려한 검은색 장식들 조화롭게 일치하는데
만찬을 마친 후 벗들이 함께 모인
어느 정원에서는 부드러운 연주 소리 울린다.

하얀 마술사의 옛이야기에 귀 기울이는 것은
영혼에게는 즐거운 일이지.

---

24 원형의 유리창으로 중앙에 성모마리아를 중심으로 여러 성서적 인물이나 성스러운 사물들의 문양들이 채색된 화려함의 극치로 흔히 교회예술의 정화精華라고 여겨진다.

25 창조주가 피조물의 창조 작업을 마치고 기꺼워하며, "좋구나"("Es ist gut!")하였음을 연상할 것.

농부가 오후에 잘라 거두어들인 곡식 단이
사방에서 바스락거리고.
오두막에서는 고단한 삶이 참을성 있게 침묵한다,
축사의 램프는 암소들의 부드러운 잠을 비춰준다.

대기에 취해 머잖아 눈시울이 감기겠지
그러곤 낯선 별자리의 징표에로 살며시 뜨겠지.
엔디미온[26]이 해묵은 어둑한 떡갈나무에서 떠올라
슬픔 가득한 물위로 몸을 숙이겠지.

---

26 달의 여신 젤레네(Selene)의 사랑을 받고 영원히 잠든 미소년(목동)의 이름.

변용[27]變容한 가을 풍경

Verklärter Herbst, 1912

강렬하게 한 해가 그렇게 저물어간다
들판의 황금빛 포도와 과원의 과일들과 함께.
온 사위 신비롭게 침묵에 잠긴 숲들은
고독한 자의 동반자들이 아니더냐.

그때 농부가 말하길, 좋구나[28].
너희 저녁종소리 길고 은은히
이제 막바지에 다시 한 번 유쾌한 기운을 베풀어준다,
한 무리 철새 떼 여행길에 인사를 보낸다.

때는 온화한 사랑의 절기.
파란 강물을 타고 거룻배 속에서 흘러간다
그림 한 폭에 그림이 열을 지으니 이 얼마나 아름다우냐[29] –
이제 침묵과 평온 속에 가라앉는다.

---

27 "변용"이라는 어휘는 원래 예수께서 제자들 앞에서 천상같은 모습으로 변해보이셨던 그 의미를 의식하여 쓰곤 한다.

28 조물주가 창조 작업을 마친 후 "좋다"("Gut") 고 여기신(창세기) 그 말씀을 연상할 것.

29 가을 풍경이 시선과 각도에 따라 바뀌는 것을 화폭들이 늘어서 있는 상으로 포착하고 있다.

공원에서

Im Park, 1912

오래된 정원에서 다시 거닐면서
오오! 말없이 노란 그리고 빨간 꽃들이여.
너희들 역시 애도하는구나, 너희 제신諸神들이여,
느릅나무의 가을철 황금빛이여.
파르스름한 자그마한 늪가에 미동도 없이 솟아오른다,
갈대는, 저녁이 되니 지빠귀들도 침묵한다.
오오! 그적에는 너 또한 조아려라 너의 이마를
선조들의 쇠락한 대리석 기념비 앞에.

갓 담은 포도주[30] 곁에 놓고

Beim jungen Wein, 2. Fassung, 1912

석양夕陽은 진홍빛으로 가라앉고
제비들은 이미 멀리로 떠나갔다.
저녁의 아취 아래
술자리에서는 올해 담은 포도주 한 잔씩 돌아가고,
산 너머에는 눈이 내린다.

여름의 마지막 녹색이 흩날려가고,
수렵꾼이 숲에서 하산한다.
저녁의 아취 아래
술자리에서는 갓 담은 포도주 한 잔씩 돌아가고,
산 너머에는 눈이 내린다.

밤은 붉은 환영들을 삼켜버렸고,
먼지 수북한 담장 가에서
어린아이의 잔해殘骸가 술꾼의
그림자 속에서 더듬는데, 포도주 속

---

30 갓 담은 포도주("junger Wein") : 포도를 착즙하여 담은 지 얼마 안되어서 숙성되지 않은
포도주. 값싼 포도주

산산이 부서진 웃음소리, 이글이글 불타는 우수,
정신의 고문拷問 − 돌멩이 한 덩이
천사의 푸른 음성이 잠든 자의 귀속에서
침묵을 지킨다. 쇠락한 빛이여.

겨울에

Im Winter, 1912

들녘은 하얗게 싸늘히 빛나고,
하늘은 섬뜩하고 소슬하다
까마귀들 늪 위를 빙빙 도는데
수렵꾼들은 숲에서 하산을 한다.

시커먼 우듬지 속에는 침묵이 머물고
오두막에서는 불길이 후두둑 새어 나온다,
불현듯 아주 멀리 썰매 방울소리 아련히 울리고
느릿느릿 잿빛 달이 떠오른다.

들짐승 하나 밭두렁에서 물컹하게 출혈을 하는데
까마귀들이 선혈 낭자한 도랑에서 철버덕거린다.
갈대는 누렇게 휘청이며 몸을 흔들고
서리와 연기 속 텅 빈 숲에는 한 외로운 발걸음 소리.

농부들

Die Bauern, 1912

창문 앞에는 녹색과 붉은색이 울리고.
검게 그을린 아래쪽 홀에는
하인들과 하녀들이 식탁 가에 둘러앉아,
서로 포도주를 따르며 빵을 쪼갠다.

점심시간의 깊은 침묵 속에서
불현듯 불쑥 나오는 말마디.
들판은 일제히 아른거리고
하늘은 잔뜩 찌푸린 채 가이 없다.

부뚜막에서는 불길이 갈라져 팔락거리고
한 무리 파리 떼가 윙윙댄다.
하녀들은 물끄러미 말없이 귀 기울이고
핏줄이 그녀들의 관자놀이를 망치질한다.

이따금 탐욕으로 가득한 시선들이 맞닥뜨린다,
짐승의 악취가 쪽방을 가로질러 풍길 때면.
하인 한 녀석 단조로운 음성으로 기도를 드리고
장닭은 현관문 아래쪽에서 울어 제친다.

이제 다시 들판이다. 불현듯 음울한 비감이
넘실대는 이삭의 소용돌이 속에서 그들을 사로잡고
이삭 베는 낫 소리 쟁그랑대며
들락날락 박자에 맞춰 유령처럼 일렁인다.

시궁쥐

Die Ratten, 1912

농가 뜰에 가을 달이 휘엉청 하얗게 비치자
추녀에서는 환상적인 그림자가 떨어진다.
침묵이 텅 빈 창문 속에 깃들어 있고,
때 마침 시궁쥐들이 살금살금 기어올라 와

여기저기 찍찍거리며 휙휙 달리고
뭉게뭉게 피어오르는 역겨운 악취가
달빛이 유령처럼 어른거리는 변소便所간에서
놈들을 향해 악취를 풍긴다.

놈들 탐욕스레 미친 듯 찌이익 찍 울어대고
곡식과 과일이 그득한 집안과 곳간을 채운다.
혹독한 얼음 바람이 어둠 속에서 윙윙 울어댄다.

가을에

Im Herbst, 1912

해바라기 꽃들은 울타리 곁에서 찬란하고,
환자들은 양지쪽에 조용히 앉아 있다.
들판에서는 아낙네들이 노동요를 부르며 힘겨운 일에
애를 쓴다.
수도원 안에서 종소리 울린다.

철새 떼 너에게 먼 옛이야기를 노래불러주고,
종소리 수도원 안에서 울린다.
농가 뜰에서 현弦 뜯는 소리 부드럽게 울려오니,
오늘은 저들이 누런 포도를 압착하는 날.

이때 인간은 본디 흥겹고 부드러운 존재라는 것이 드러난다.
오늘은 저들이 포도를 압착하는 날.
햇빛에 곱게 알록달록 그려져
납골당이 활짝 열려 있다.

겨울의 황혼

Winterdämmerung, 1912 막스 폰 에스테를레에 바쳐 **31**
An Max von Esterle

금속성의 시커먼 하늘.
저녁녘 몹시 굶주린 까마귀 떼들
시뻘건 폭풍우에 휩싸여 이리저리 마구 흩날리고
공원 너머 처참하고 파리하다.

두터운 구름층 속에서 한줄기 햇살마저 동사凍死해 버리고;
사탄의 저주를 받아 원을 그리며
뱅글뱅글 일곱 번을 선회하다
곤두박질로 추락한다.

썩어 문드러져 들큼하니 밍밍하게
저들의 부리들은 소리 없이 수확해 들인다.
가옥들은 말없이 바짝 다가와 위협하고,
극장 안에는 휘황찬란한 조명이 눈부시다.

교회들, 다리들, 요양원 건물들이

---

31 막스 폰 에스테를레에 바쳐 An Max von Esterle: 오스트리아의 화가. 특히 초상화를 주로
그렸다. 〈브레너〉지의 편집직원으로 트라클과는 인스부르크(Innsburg)에서 자주 만났다.

황혼 속에 우중충하게 서있다.
피에 얼룩진 아마포 돛폭이
은하 위에서 부풀어 오른다.

옛 족보族譜 속에 기록하다

In ein altes Stammbuch, 1912

너 끊임없이 되돌아오는구나, 멜랑콜리여,
오오 고독한 영혼의 안락이여.
황금의 하루가 막판에 작렬한다.

인내하는 자 겸허하게 고통에다 몸을 굽히고
화음으로 울리며 광기에다 굽힌다.
보라! 이미 황혼이 깃들고 있으니.

밤은 다시 돌아오고 사멸해갈 인간은 탄식한다,
그러곤 또 다른 이와 고통을 함께 나눈다.

가을의 별무리 아래 부들부들 전율하며
매 해 더욱 더 깊숙이 머리를 숙이리라.

인간의 슬픔

Menschliche Trauer, 1912

석양이 지기 전 다섯을 쳤던, 시계 –
고독한 인간들을 어두운 공포가 휘둘러 싼다.
저녁 정원에서는 푸석한 나무들이 쇠솨거리고,
망자들의 얼굴이 창문가에서 어른거린다.

어쩌면 이 시간은 멈춰버린 것일까.
강물에서 흔들리는 선박들의 진동에 맞춰
흐릿한 눈앞에 밤의 형상들이 일렁인다;
선창가에는 수녀님들의 행렬이 바람에 옷자락을 나부끼며 지나간다.

불현듯 박쥐들의 울부짖는 소리 들리는 듯 여겨진다,
정원에서는 관棺 하나를 축소해 짜고 있고
백골들이 무너진 담장들 사이로 아른거리는데
저기 어느 길 잃은 자 거무스름 비틀거리며 지나간다.

가을의 짙은 구름 속 파란 빛살 한줄기 얼어붙는다.
연인들은 잠 속에서 서로 포옹하고,
천사님의 진동하는 별에 기대인 채,
숭고한 이의 창백한 관자놀이를 월계관이 장식한다.

사악한 자[32]의 꿈

Traum des Bösen, 1912, 1914

금빛 갈색의 징소리 그 잔향이 사위어들고
어느 사랑에 빠진 사내가 시커먼 방에서 깨어난다
두 뺨을 창문 속에서 아른거리는 불꽃에 대이고
강가에는 돛폭이, 돛대가, 밧줄들이 번쩍인다.

저기 저 혼잡한 군중 속에 수도승과 임산부 하나.
기타 소리 마구 튕기고, 빨간 가운[33]이 아른대며 반짝인다.
마로니에 나무들이 무더워 황금빛 광휘 속에 시름시름
                                    수척해 가고.
웅장한 교회들의 서글픈 모습이 검게 솟아있다.

창백한 가면[34] 밖으로 악의에 찬 망령이 내다본다.
사뭇 음산하고 황폐한 광장에 황혼이 깃들고
저녁이면 섬에서는 소곤대는 소리 활기를 띤다.

---

32 "악인, 사악한 자 der Boese": 자주 등장하는 모티프로 죄책감에 고민하는 자신을 지칭하
곤 한다. 이 시에서는 "사랑에 빠진 사내"("ein Liebender")일 것이다. 시는 종결부에, "오
누이가 서로를 알아보는" 장면으로 마감되고 있다. 이 시는 원래 1912년에 씌어졌으
나, 1914년 10월 트라클이 일차대전 전쟁터에서 사망하기 직전까지 마지막 교정을 보
았다고 한다.

33 가톨릭교회의 주교들이 입는 가운의 색.

34 '마스크'는 트라클의 자주 쓰이는 모티프로 시적 자아일 경우가 대부분이다.

밤이 되면 아마도 썩어 갈 나병환자들은
새들의 비상飛翔이 만드는 혼란한 징표들을 해독해 본다,
작은 공원 안에서는 오누이가 부들부들 떨며 서로를
　　　　　　　　　　알아본다.

산모퉁이

Winkel am Wald, 1912

갈색 마로니에나무들. 한결 더 고요해진 저녁이면 노인네들은
말없이 미끄러져 이탈해가고, 아름다운 나뭇잎들은 가만히
시들어간다.
교회묘지에서 지빠귀가 죽은 사촌과 농 짓거리를 하자
금발의 선생님께서는 낚시꾼을 인도해 간다.

망자의 정갈한 영정影幀들이 교회 창문에서 내다본다.
그러나 선혈 낭자한 바닥이 사뭇 슬프게 음산한 효과를 낸다.
성문은 오늘은 잠겨있다. 열쇠는 성당지기가 갖고 있겠지.
정원에서는 수녀님이 혼령들과 대화를 나누고 있다.

오래된 지하실에서는 포도주가 황금빛으로 맑게 숙성해 가고,
사과냄새 달콤하다. 그리 머지않은 곳에서 유쾌한 놀이가
눈부시다.
긴 저녁 시간 아이들은 옛이야기를 곧잘 졸라대고
가벼운 환상에 곁들여 종종 황금처럼 귀한 것, 진실을
보여주기도 한다.

파란색은 레제다 꽃 만발한 채 흘러가고, 방마다 촛불 환히

밝혀져 있다,
겸허한 이들에게 안식처는 준비가 갖추어졌다.
숲 기슭 따라 어느 운명이 쓸쓸히 아래로 미끄러져 이탈해 가는데
밤이, 천사의 안식이, 문지방에 나타난다.

성가聖歌

Geistliches Lied, 1911

상징들, 희귀한 자수물刺繡物들을
하늘하늘 아롱진 화단이 그려주네.
신의 푸른 숨결이
정원 안 널따란 홀 속으로 나부껴
흥겹게 들어오네.
야생의 포도밭에는 십자가 하나 곧추 솟아있네.

마을의 많은 이들이 즐기는 소리 들어보라,
담장 가 정원사는 곡식을 수확 중이고,
나직이 풍금소리 울리네,
음향과 황금빛 광휘를 섞어라,
음향과 광휘를.
사랑이 빵과 포도주를 축성하리.

아가씨들도 들어오고
수탉은 오늘의 마지막 울음을 우네.
푸석해진 격자 난간이 살며시 열리자
이제 장미화환과 장미대열 속에,
장미꽃무리 속에

하얀 고운 모습으로 성모마리아 안식을 취하시리.

저기 저 오래된 바위 곁 걸인은
기도 중에 사망한 듯,
양치기 하나 가만히 언덕에서 떠나는데
작은 숲속에서는 천사 한 분 노래를 부르고,
가까이 자그마한 임원林苑 속에서는
아이들이 잠 속으로 들어가네.

황혼

Dämmerung, 1912

농가 뜰에는, 희부연 황혼 빛에 홀려,
누렇게 변한 가을을 지나 쇠약한 환자들이 미끄러져
이탈해 간다.
밀랍처럼 부풀은 그들의 눈길은 황금기를 회상한다,
몽상과 안락과 포도주로 충만했던 그 시절.

긴 와병臥病에 스스로 유령처럼 움츠러져 칩거하고 있으니
별들의 하얀 슬픔이 널리 퍼져가고.
음울한 슬픔 속에 기만과 소란으로 가득 차 있다,
보라, 저 가공할 것들이 혼비백산 흩어지는 양을.

형체 없는 장난꾼 박쥐들이 휘익 휘익 스쳐 달아나
웅크리고 숨어서는
시커먼 회랑 속에서 파드닥 거린다.
오오! 담벽에 어린 슬프기 그지없는 그림자들이여.

다른 것들은 저물어 오는 아케이드를 지나 도망을 치고,
밤이면 그들은 별—바람의 붉은 소나기에서
사납게 광란하는 무녀巫女처럼 곤두박질로 떨어진다.

저녁녘 나의 가슴

Zu Abend mein Herz, 1912

저녁녘 박쥐의 울부짖는 소리 들리고,
초원 위에는 흑마 두 마리 곤두서며 껑충댄다,
붉은 단풍나무 두런두런 소리를 내는데.
나그네 가는 길가에 자그마한 선술집 하나 나타나니,
그 맛 기막히구나, 갓 담근**35** 포도주와 호두열매,
정말 근사하구나, 술에 취해 노을진 숲속에서 비틀거리노라니.
검은 가지 사이로 괴로운 종소리 울려온다,
얼굴 위로는 이슬방울 톡톡 떨어진다.

---

35 junger Wein: 갓 착즙을 마치고 담근 포도주라 오래 숙성되어 맛이 든 포도주와 달리 맛
이 제대로 들지 않은 담은 지 얼마 안된 값싼 포도주.

산책

Der Spaziergang, 1912

1

음악이 수풀 속에서 허밍을 하는 어느 하오下午.
옥수수 밭 속에는 근엄한 허수아비들이 빙글빙글 제 몸을
　　　　　　　　　　　　　　　　　　회전시킨다.
자정향[36] 덤불이 길섶에서 부드럽게 조용히 나부끼고
가옥 한 채 희미하고 기묘하게 갈가리 풀어져 흐물흐물 흩어진다.

황금빛 속에 백리향百里香 향기 나부끼고
암석 위에는 한결 밝은 숫자가 새겨져 있다.
초원에서는 아이들이 공놀이를 하고,
나무 한 구루 네 앞에서 원을 그리며 돌아가기 시작한다.

너 꿈을 꾼다, 누이는 제 금발 머리를 빗어 내리고,
먼 데 벗 하나 너에게 편지를 쓴다.
가리 하나가 싯누렇게 퇴색하여 기울어져 잿빛을 뚫고 도망친다.[37]
이따금 너 가뿟이 멋지게 둥실둥실 떠다닌다.

---

36 Holunderbüsche: 자정紫丁香(라일락 과의 정원수) 서양 말오줌나무, 이름 때문에 기피하
　　게 됨.
37 센 바람에 가지가 무너져 흩어져 자취없이 빈 자리가 되는 현상

2

시간은 흘러가고. 오오 감미로운 태양의 신이여!
오오 두꺼비 웅덩이에 비친 달콤한 맑은 영상이여!
모래톱에서는 에덴동산 하나 멋들어지게 침몰하고[38]
덤불숲은 품안에서 금빛 멧새들을 요람처럼 흔들어준다.

너의 형제 하나 마법에 홀린 고장에서 죽어가고
강철 무기들이 너의 눈을 응시한다.
저기 금빛 속에는 백리향 향기 한 줄기.
소년 하나이 촌락에다 방화放火를 한다.

연인들은 나비들 가운데서 새롭게 불타오르고
암석과 숫자 주위에서 유쾌하게 그네를 탄다.
까마귀들은 구역질나는 먹이 감 주위에서 퍼드덕거리고
너의 이마는[39] 연한 녹색 사이로 미친 듯이 날뛴다.

가시덤불 속에서 들짐승 한 마리 평온하게 죽어간다.
유쾌했던 네 유년의 하루가 미끄러져 사위어들고,
희미하게 팔락거리는 잿빛 바람이

---

38 모래성을 쌓는 상으로 보임
39 "이마"란 여기서 두개골을 가리키는 듯하다

황혼을 뚫고 쇠잔衰殘해진 향기를 씻어낸다.

3

옛 자장가 한 곡이 너를 몹시 불안케 한다.
길섶에서는 한 아낙네가 근엄하게 아기를 달랜다.
몽유병에 걸려 너 그녀의 샘물이 솟아나오는 것[40]을 듣는다.
사과나무가지에서는 성가 소리가 떨어진다.

빵과 포도주는 노고勞苦에 따라 단맛이 들고.
너의 손은 은빛으로 아른아른 열매를 어루만진다.
사망한 라헬[41]은 들판을 가로지르고.
평온한 모습으로 녹색이 손짓을 한다.

저기 꿈꾸는 듯 해묵은 우물가에 서있는
가련한 아가씨의 모태母胎 또한 축성 받아 피어난다.[42]
고독한 이들은 즐겁게 고요한 오솔길을 가고 있다
신의 피조물들과 함께 무죄無罪인 채로.

---

40 아기에게 솟아나오는 모유를 먹이는 모습.
41 구약성서 속에 나오는 야곱의 아내. 예수님의 아버지 요셉의 어머니
42 동정녀 마리아의 무염시태(無染始胎, 동정인 채로 예수를 수태함, sündelos)를 시사한다.

깊은 구렁 속에서[43]

De profundis, 1912

수확이 끝난 들판, 검은 비가 내리네.
갈색 나무 한 그루 홀로 서있고
속살대는 바람 한 줄기, 텅 빈 오두막 주위를 돌고 있네.
얼마나 슬픈가, 이 저녁은.

촌락을 지나
사랑스런 고아소녀는 아직 드문드문 남아있는 이삭을
                              주워 모으네.
그녀의 동그란 눈은 황혼 속에 금빛으로 즐겁고
그녀의 품은 근사한 신랑을 고대하네.

귀로歸路에
양치기들은 그 감미로운 몸뚱이가
가시덤불 속에서 부패해버린 것을 보았네.[44]

---

43 구약 잠언 130: "깊은 구렁 속에서 주여 부르짖사오니/ 주여 들어주소서"로 시작하는
첫 문구
44 소녀들, 처녀들이 변을 당해 부패해버린 시체로 발견되는 상은 트라클에서 자주 보이는
섬뜩한 상이다.

먼 캄캄한 마을마다 나 하나의 그림자에 불과할 뿐.
신의 침묵을
원림園林의 샘물에서 마셨다네.

내 이마 위로는 싸늘한 쇠붙이가 짓밟고 가고
거미들은 내 심장을 찾고 있네.
내 입 속에서 꺼져간 것은 불빛 한 줄기.

밤이면 내가 황무지에서
배설물과 별의 먼지로 온통 뒤범벅이 되어있는 것을 보았네.
개암나무 덤불속에서는
수정水晶 천사님들이 다시 쨍그랑쨍그랑 울렸다네.

편서풍 부는 도회변두리

Vorstadt im Föhn, 1912

저녁이면 그 지역은 황량하고 싯누렇다,
대기는 역겨운 악취 진동하고.
철교아취를 지나는 기차가 울리는 천둥소리 − −
참새들이 관목과 울타리 위로 파드닥거린다.

폭삭 주저앉은 오두막들, 뒤죽박죽 헤집어진 오솔길들,
정원 안은 온통 뒤범벅으로 헝클어져 뭔가 꿈틀댄다,
이따금 희미한 움직임 속에서 끙끙대는 소리 높아 가고
한 무리 아이들 속에서 빨간 옷 한 벌이 날아간다.

쓰레기에 짝사랑에 빠져 시궁쥐들의 찍찍거리는 합창소리 요란하고
아낙네들은 바구니 속에다 내장內臟을 담는다,**45**
오물과 상처로 뒤범벅인 몰골로 구역질나는 한 무리,
어스름 속에서 밖으로 나온다.

유유히 흐르는 강물 속으로 느닷없이
운하는 도살장에서 끈적끈적한 핏덩이를 뭉텅뭉텅 토해낸다.

---

45 서양에서는 보통 내장을 먹지 않는다. 내장을 담아가는 여인들이라면 극빈자일 것이다.

편서풍은 빈약한 관목들을 화사하게 물들이고
시뻘건 강물 따라 느릿느릿 기어간다.

속삭임이 음울한 잠 속에서 익사한다.
해자垓字 밖으로 형상들이 어른거리는데
아마도 전생에 대한 추억이겠지,
후덥지근한 바람에 실려 부유한다.

구름 속에서 희미하게 빛나는 가로수길이 솟아나오고,
근사한 마차들과 늠름한 기사들로 그득하다.
배 한 척 암초에 걸려 난파하는 게 눈에 들어온다.
그리고 이따금 연분홍 장미빛 무슬림 사원들도.

하오下午에다 속삭였던

In den Nachmittag geflüstert, 1912

태양은, 가을을 맞아 앙상하게 야위어 수줍고
열매들은 나무에서 떨어진다.
푸른 방마다 적막이 깃들은
어느 긴긴 하오下午.

금속성 죽음의 음향들 울리자[46]
하얀 짐승 한 마리 쓰러진다.
갈색으로 탄 아가씨의 목쉰 노래들이
떨어지는 가랑잎 속에서 흩날려 간다.

신의 이마 색깔이 꿈을 꾸고,
광기의 부드러운 날개를 감촉한다.
부패하여 거무스름 테두리 쳐진
그림자들이 언덕위에서 맴을 돈다.

평온과 포도주 충만한 황혼녘
구슬픈 기타소리 흐르고.

---

46 18) 아마도 수렵꾼들의 총성을 말하는 듯.

저 안쪽 안온한 등불에로
너 마치 꿈속인 양 찾아든다.

시편⁴⁷詩篇

Psalm, 1912 (2. Fassung) 카를 크라우스에 헌정함.
Karl Kraus zugeeignet

한줄기 빛살, 바람이 꺼버렸구나.

황량한 들판의 선술집, 취객 하나이 오후에 떠났던 곳.

어느 포도원, 불에 탄데다 시커멓게 구멍이 숭숭, 온통

　　　　거미줄이 쳐져있었지.

방안은 우유로 대충 덧칠해 놓았었지.

광인은 죽어버렸네. 남해 바다의 어느 섬,

태양의 신을 맞았던 그곳. 누군가 북을 치네.

사내들은 전투적인 무도舞蹈를 공연하고

아낙네들은 덩굴 숲과 불 나리꽃 속에서 허리를

　　　　흔들고 있네,

바다가 노래를 부를 때면. 오오 우리의 잃어버린 낙원이여.

요정들은 황금빛 숲들을 떠나버렸고.

낯선 이들은 매장되네. 그러면 안개비가 내리기 시작하네.

판⁴⁸의 아들은 공사판 인부의 행색으로 나타나

---

47 시편 (Psalmen) : 구약성서 중 150편의 이스라엘과 유대인 공동체의 종교적인 노래이
다. 모두 5부로 나뉘어져 있으며 그리스도 탄생 전(BC) 1000년경부터 165에 이르
기까지 쓰여졌으며 솔로몬의 아가와 다윗의 아가가 유명하다.

48 판 Pan: 그리스 신화 속의 반인 반양의 모습을 한 목축 및 숲의 신.

정오에는 불타는 아스팔트 위에서 잠을 자네.
농가 뜰에 작은 계집아이들이 남루한 넝마를 잔뜩
　　　　걸치고 있는 양이 가슴을 갈가리 찢어 놓는구나!
화음과 소나타곡들로 가득한 방들,
　　　　그림자들, 뿌연 거울 앞에 서로 포옹을 하네.
병원 창가에서는 회복기의 환자들이 몸을 녹이고
하얀 증기선은 운하에서 피투성이
　　　　역병환자들을 태운다.

낯선 누이는 누군가의 악몽 속에 다시 나타나
개암나무 관목 속에서 쉬면서 그이의 별들과 노닥거리네,
그 대학생은, 어쩌면 '도플갱어'일까,[49] 창문에서 그녀를
　　　　향해 오래도 바라보네.
뒤쪽에는 그의 죽은 형이 서있네, 아니면 낡은
　　　　나선형 계단을 내려가든가.
갈색 마로니에나무는 어둠속에서 어린 예비수도사의

---

[49] Doppelgaenger 원뜻은, 동일인으로서 동시에 다른 장소에 나타(난다고 믿는)나는 사람. 꼭 닮은 사람.

형체가 핏기를 잃게 하네.

정원에는 저녁을 맞아
회랑回廊속에는 박쥐들이 사방에서 파드닥대고,

건물 집사의 아이들은 놀이를 그치고 하늘나라의
　　　　　　황금을 찾고있네.
어느 4중주의 종지화음終止和音. 눈먼 꼬마 계집아이들이
　　　　　　　오들오들 떨며 가로수 길을 지나 달려가네,
나중에 그녀의 그림자 싸늘한 성벽을 쓰다듬겠지,
옛이야기와 거룩한 전설들에 둘러싸여.
텅 빈 배 한 척, 저녁녘 시커먼 운하를 내려가며 표류하고.
음산하기 짝이 없는 오래된 수용소에서는 폐인들이
　　　　　　쇠락해가네.

죽은 고아들이 정원 담장 가에 널브러져 있고,
잿빛 방에서는 배설물로 얼룩진 날개를 단 천사님이 나오시네.
구더기들이 천사님의 싯누런 눈두덩에서 툭툭 떨어지네.
교회 앞 광장은 컴컴하고 말이 없네, 어린 시절의 나날처럼.

은빛 신발바닥 위에서 이전의 삶이 미끄러져 지나가고.

저주받은 이들의 그림자가 탄식하는 강물 쪽으로 내려가네.
하얀 마술사는 제 무덤 속에서 뱀을 가지고 마술을 부리고,
묵묵히 해골더미[50] 너머로 신의 금빛 두 눈이 열리네.

---

50 Schaedelstaette: 형장의 해골무더기를 뜻하며 특히 예수님이 십자가에 못 박힌 형장인 골고다언덕(Golgatha)을 뜻하지만 여기서는 전투 중에 전사한 병사들의 시체 무더기를 연상케 한다.

우수憂愁

Trübsinn, 1913 (초고. Erste Fassung)

세계재난이 오후 내 유령처럼 떠돌고
가건물들이 싯누렇고 황폐한 뜰을 지나 도주한다.
빛의 비늘 같은 불똥들이 불타버린 퇴비 주위를
　　　　　　　　　반짝이며 흩날리고
잠에 취한 두 병사가 고향을 향해 잿빛으로 희미하게
　　　　　　　　　휘청거린다.

바싹 마른 초원에는 한 어린 아이가 달리며
까맣고 반들반들 윤이 나는 제 눈알들을 가지고 놀고 있다.
황금빛 방울방울 덤불숲에서 희미하고 칙칙하게 떨어지고,
노인장 하나 바람을 맞으며 슬프게 제 몸을 빙글빙글 회전시킨다.

저녁녘, 내 머리 위로는 다시금
토성土星이 어느 참혹한 운명을 말없이 조종하고.
나무 한 그루, 개 한 마리 뒤쪽으로 뒷걸음질 친다.
신의 하늘이 시커멓게 헐벗어 앙상한 채로 흔들린다.

작은 물고기 한 마리 시냇물 따라 날쌔게 미끄러져 내려가더니;
죽은 친구의 손을 살며시 건드려보고는

이마며 의복을 살갑게 반듯이 펴놓는다,
빛살 한 줄기 그림자들을 방안에서 불러 깨운다.

나팔소리[51]

누렇게 뜬 아이들이 놀고 있는 전지剪枝한 버드나무 아래
가랑잎들이 뒹굴고, 나팔 소리 울린다.
교회묘지의 묘지기 하나.
시뻘건 깃발들이 단풍나무의 슬픔 사이로 곤두박질치고
기사騎士들은 호밀밭과 텅 빈 방앗간들을 따라 내닫는다.

혹은 양치기들이 밤마다 노래를 부르고 사슴들은
그들의 횃불 주위에로, 임원林苑의 태곳적 비감에로 나온다,
어느 검은 담장에서 춤추는 사람들이 몸을 일으킨다.
시뻘건 깃발들, 웃음소리, 광난, 나팔소리들.

---

51 요한 묵시록에서 묘사하는 세계종말의 날이 연상된다.

인류

Menschheit, 1913

인류는 불꽃 튀는 포구砲口 앞에 세워졌다,
소용돌이치는 북소리, 병사들의 어두운 이마들,
피(血) 안개를 뚫고 가는 행군의 발걸음 소리들,
시커먼 강철들이 쾅 쾅 울린다,
절망, 슬픈 뇌腦 속의 밤이여:
여기 이브의 그림자, 수렵狩獵과 붉은 금전.
빛살이 산산 조각내는 짙은 뭉게구름, 최후의 만찬.
빵과 포도주[52]에는 부드러운 침묵이 깃들어 있어
바로 열두 제자들이 모인 거였다.
밤이면 잠 속에서 저들은 올리브나무 가지 아래에서
비명을 내지른다.
성 토마스는 상처 속으로 손을 집어넣는다.[53]

---

52 예수께서 체포되기 전 제자들과 함께한 '최후의 만찬'에서 빵과 포도주를 손수 나누어 주면서 당신의 살과 피라고 하며 이후 당신을 기억하여 이 제식을 행할 것을 주문하였다.(요한복음; 누가복음) 카톨릭 교회에서 행하는 미사예식의 중요 부분은 바로 빵과 포도주를 예수님의 실과 피로 변화시키는 과정이라 볼 수 있다.

53 예수님의 몸에 난 다섯 개의 상처를 가리킨다. 열두 제자 중 토마스는 예수님의 상처를 직접 만져보기 전에는 예수님의 부활을 믿지 못하겠노라 외쳤고, 이에 부활한 예수께서 나타나 상처를 보이시며 "보지 않고도 믿는 자 행복하다"고 하셨다. 요한복음 20. 19-31

묵주송默珠頌

Rosenkranzlieder, 로자리오 기도, 1913

누이에게, An die Schwester

너 가는 데는 가을이, 저녁이 되겠지,
나무 아래에서 소리를 내는 파란 들짐승이여,[54]
저녁녘 쓸쓸한 연못.

새들이 비상하는 소리 나직이 울리고,
너의 눈썹 위로는 울적함이.
너의 얄팍한 미소가 소리를 낸다.

신께서 너의 눈자위를 둥글게 휘어놓으셨지.
별들은 밤이면 찾는다, 성금요일[55]의 아이여,
너의 휘어진 이마의 호선弧線을.

---

54 파란 들짐승 : "blaues Wild" 트라클의 시에 자주 보이는 모티프로서 들짐승 한 마리"ein Wild"라고 나오기도 한다. 여기서는 "너"로 부르는 누이동생을 가르키는 듯하다. 마지막 연에서는 "성금요일 아이"라고 다시 환기한다.

55 성금요일"*Karfreitag*" : 예수께서 십자가에 못 박히신 날이며 사흘 후 일요일에 부활한다. 기독교에서는 이날을 예수 부활주일로서 성대하게 경축한다.(신약성서 4복음서에 모두 기록되어 있음.) 게오르크 트라클은 자신이 범한 막내 누이동생 마르그레테를 시 속에 자주 환기하는 바, "성금요일의 아이""Karfreitagskind"라고 환기喚起한다.

죽음에 임하여

Nähe des Todes, 1913

오 저녁이여, 유년의 컴컴한 마을 속으로 간다.
버드나무 아래 연못은
역병의 악취 풍기는 우수의 한숨으로 가득하다.

오 숲이여, 조용히 갈색 두 눈을 내리까는구나,
고독한 자의 뼈마디 앙상한 두 손에서
그 환희에 찬 날의 자홍색이 가라앉는다.

오 임박한 죽음이여. 우리 기도를 드리자.
이 밤 따스한 베게 위에서 녹아버리는구나
향연香煙 연기에 누렇게 변색되어 연인들의
애타는 팔다리들이.

아멘[56]

Amen, 1913

부패한 것이 푸석하니 퀴퀴한 방을 지나 미끄러져 사라진다,
노란 양탄자에 어린 그림자들, 어두운 거울들 속에서
우리 손의 상아 같은 비애가 둥그렇게 휘어진다.

누런 진주알들이 죽어간 손가락
사이로 굴러가고,
적막 속에
어느 천사의 파란 양귀비꽃이 눈을 뜬다.

저녁 또한 파란색,
우리들의 죽음의 시간, 아즈라엘[57] 천사의 그림자가
갈색의 작은 정원을 어둡게 한다.

---

56 그리스도교 혹은 기독교에서 기도의 끝말, "그렇게 되기를 바란다"는 뜻을 지님.
57 아즈라엘(Azrael): 이슬람, 유대교에서 "죽음의 천사(Angel of Death)"를 의미하며 임종 시에 영
혼을 육신에서 갈라놓는 역할을 하는 천사로 믿고 있다. 대천사(Archangel) 중의 하나.

고향에서

In der Heimat, 1913

레제다 꽃 향기가 병든 창문을 지나 방탕하고,
오래된 광장, 마로니에나무들, 컴컴하고 황량하다.
지붕이 한 줄기 황금빛 햇살을 갈가리 찢어 조각내면,
그 황금빛살 오누이 위에로 꿈결처럼 혼란스레 흩어지며 흐른다.

구정물 속에는 쇠락해간 것들이 둥둥 떠다니고, 편서풍이
갈색 자그마한 뜰에서 나직이 속삭인다. 절대 고요 속에서
그 황금빛살 해바라기를 만끽하고는 갈가리 흩어져 스러져간다.
푸른 대기를 뚫고 보초병의 구호 소리 쩌렁쩌렁 울린다.

레제다 꽃향기. 담벽에는 삭막하게 황혼이 깃드는데.
누이의 잠자리는 편안치가 못해. 밤바람이 요동치며
누이의 머리칼을 마구 뒤엉켜놓으면, 달빛이 감겨준다.

고양이들의 그림자가 썩어 푸석한 지붕위에서
파랗고 가느다랗게 미끄러진다, 근접한 재난을 지체시킨다,
진홍으로 타오르는 촛불의 불꽃들.

저녁에 나의 가슴

Zu Abend Mein Herz, 1912

저녁녘 박쥐의 울부짖는 소리 들리고,
초원에서는 두 마리 까마귀가 펄쩍 튀어 오르는데,
붉은 단풍나무는 사각거린다.
나그네 가는 길섶에는 자그마한 목로주점이 나타나고,
설익은 포도와 호두 맛이 기막히구나,
거나하게 취해 황혼이 깃드는 숲속을 비틀거리노라니
근사하구나.
검은 가지 사이로 괴로운 종소리 울리고,
얼굴 위로는 이슬방울이 톡톡 떨어진다.

비탄의 노래

Klagelied, 1912

달빛 어린 정원에서 녹색 꽃송이들을 가지고
곡예를 부리며 노닥거리는 여인 –
오오! 무엇이 주목 울타리 뒤에서 휘황찬란하게 빛나는가!
나의 입술에 와 닿는 황금빛 입이여,
그것은 별처럼 울린다.
키드론[58] 계곡물 건너편에서
그러나 별 안개가 평원 위로 깔리면
춤사위는 더욱 격렬해지고, 나 말문이 막힌다.
오오! 내 여인이여[59], 그대의 입술은

석류의 입술이어라
내 수정 조가비 입에서 무르익어 간다.
우리 위에서는 평원의 황금빛
침묵이 무겁게 쉬고 있다.

---

58 예루살렘과 올리브원(감람산) 사이에 있는 계곡으로 유대 황야를 지나 사해로 흘러든
다. 요한복음 4장 12절에 의하면 최후의 심판이 열리도록 예정되어 있어 사후에 묻히고
싶어 하는 곳이라 한다.

59 Freundin : '여성 친구'를 뜻하지만 점차로 단순한 친구가 아니라 이성 '애인'과 같은 의
미로 사용된다.

헤롯왕에게
살해된 어린 아기들의[60] 선혈이
하늘을 향해 김을 뿜는다.

---

60 헤롯왕은 동방박사들의 예수아기의 탄생에 대한 말을 듣고 나자렛 마을에 그날 탄생한
아기들을 모두 죽이라고 명한다. 그러나 요셉과 마리아는 천사들의 떠나라는 밑을 듣고
길을 떠나 화를 면한다.(마태복음 2:13)

섬망譫妄

Delirium, 1913

지붕에서 흘러내리는 검은 눈[雪],
빨간 손가락 하나가 너의 이마에서 솟아오르고
을씨년스러운 방안으로 연인들의 사그라진 거울들인
파란 만년설이 가라앉는다,
머리는 무거운 토막으로 빠개져
파란 만년설의 거울 속에서 그림자를 생각해 본다,
어느 죽은 창녀의 황폐한 미소를.
패랭이꽃 향기 속에서 저녁바람이 흐느낀다.

추락

Untergang, 1913

카를 보로메우스 하인리히에게*(An Karl Borromaeus Heinrich)*

하얀 연못 너머로
야생의 철새 무리 날아가 버리고,
저녁녘 우리들의 별에서 얼음바람이 몰아친다.

우리들의 무덤 위로
밤의 으스러진 이마가 머리를 숙인다.
떡갈나무 아래 은제 거룻배 위에서 우리는 그네 타듯 흔들린다.

도회의 하얀 담벽들은 가시나무 아취 아래에서
언제나 소리를 울린다.

오오 내 형제여, 우리 자정子正을 향해 눈먼 시침時針에로
기어오르자꾸나.

헬리안

Helian

헬리안

Helian[61], *1913*

성령聖靈의 쓸쓸한 몇 시간
햇빛 속에서 여름의 노란 담장 가를 따라
거니노라니 아름다워라.
풀밭에서 발자국 소리 나직이 울려도, 판의 아들은
잿빛 대리석 속에서 언제까지나 마냥 잠만 잔다.

저녁이면 우리는 테라스에서 갈색 포도주에 취하곤 하였지.
나뭇잎 사이에서 복숭아가 발그레 불타오르고,
부드러운 소나타 소리, 유쾌한 웃음소리 울렸지.

고요한 밤은 아름다워.
어둑어둑한 평원에서
우리는 양치기들과 하얀 별들을 조우한다.

---

61 헬리안(Helian)이라는 어휘는 고대 독일어에서 구세주라는 의미로 쓰였던 Heiland를 연
상시킨다. 트라클의 시작품을 가리켜, 킬리(W. Killy), 하이데거(M Heidegger) 등이 "전
체 작품이 하나의 장시(長詩)이다" 라고 하였듯이, 시인의 모든 중요한 주제들, 고대 신
화, 기독교의 구세주에 의한 인류 구원의 문제, 그러나 현대는 신을 상실한 시대라는 문
제 등, "전 인류사의 중요한 대목을" 형상화고 있다. 크라클은 1913년 1월 친구인 부쉬
벡(Erhart Buschbeck)에게 보낸 편지에서, "이 시는 내 자신이 쓴 가장 소중하고 고통스
러운 작품"이라고 고백한 바 있다.

가을이 되면
임원林苑의 삭막한 투명함이 드러난다.
진정된 우리는 붉은 담벽 가를 따라 거닐고
둥근 두 눈은 철새의 비상을 좇는다.
저녁에는 하얀 물이 납골단지 속으로 가라앉는다.

헐벗은 나뭇가지 사이에서 하늘은 한유하게 휴식을 취한다.
정갈한 양 손에다 농부는 빵과 포도주를 나르고
과일들은 평화롭게 양지바른 방에서 익어간다.

오오 소중한 망자들의 모습은 얼마나 숙연한가.
그러나 혼령은 당연한 우러러봄이 흡족하다.

황폐한 정원의 침묵이 압도하고,
어린 예비수도사가 이마에 갈색
나뭇잎 왕관을 썼을 때,
그의 호흡은 얼음 같은 황금을 들이마신다.

손들은 푸르스름한 물의 나이를 만지거나

아니면 추운 밤에 누이들의 하얀 뺨을 만진다.
고독이 깃들어 있는, 단풍나무 사각거리는
아직도 어쩌면 지빠귀가 노래하는
정겨운 방들 쪽으로 나직이 화음에 맞춰 걷는 발걸음 소리.

놀라 팔다리를 버둥거리며,
자홍색의 동굴 속에서 조용히 눈동자를 굴리는
인간은 멋들어지지만 어둠 속에서는 환영처럼 으스스하다.

저녁기도 시간, 낯선 객은 검은
11월의 파멸[62] 속에 길을 잃고,
썩어 푸석한 나뭇가지 아래 나병癩病이 창궐하는 담장 가를 향해,
예전 성스러운 형제가 지나갔던 곳,
제 광기의 부드러운 현악연주 속으로 함몰한 채.

오오 얼마나 소슬히 저녁 바람은 잦아드는가.
죽어가며 그 머리를 숙인다

---

62 11월의 파멸: Novemberzerstörung

올리브나무의 어둠 속에서.

종족의 몰락이라니, 충격이 아닌가.
이 시간 관조자의 눈망울은
자신의 별들의 황금으로 가득 찬다.

저녁녘 종소리 더 이상 울리지 않고 잦아들고,
광장에는 검은 담벽들이 무너져 내리는데,
전사戰死한 병사는 기도를 드리자고 울부짖는다.

한 창백한 천사,
아들은 제 조상들의 텅 빈 집으로 들어선다.

누이들은 멀리 백발노인들에게로 갔었지.
한 밤중에 그녀들을 슬픈 순례 길에서 돌아온
잠에 취한 자가 현관기둥 아래서 찾아냈지.

오오 오물과 구더기 득실거리는 그들의 머리칼은

얼마나 **뻣뻣했던가**
잠에 취한 그자 그 한복판에 은빛 두발로 서있는데,
횡사橫死하여 그들은 황량한 방을 나서고 있다.⁶³

오오 불길 같은 오밤중, 빗속에 울리는 저들의 찬미가 소리,
하인들이 저들의 보드라운 두 눈을 쐐기풀로 내리쳤을 때,
자정향紫丁香 나무의 어린 열매들이
깜짝 놀라 텅 빈 무덤 위로 몸을 드리운다.

누렇게 바랜 달들이 조용히
젊은이의 열병 든 아마포 침구위로 넘어간다,
겨울의 침묵이 따르기 전에.

어느 고귀한 운명이 키드론 계곡을 내려오며

---

63 여기 다시 순진한 소녀나 여인들이 폭력을 당했음을 연상시키는 상이 나오는 바, 트라클의 시에 자주 등장하는 상으로 천진한 삶이 부정당한다는 그의 부정적인 인생관이 보이는 대목들로 여겨진다.

곰곰 생각한다,
싸이프러스 나무, 그 부드러운 피조물이
아버지의 푸른 눈썹 아래 펼쳐져 있는 곳,
밤이면 초원 너머 양치기 하나이 양떼를 몰고 가는 곳.
혹은 그것은 잠속에서 부르짖는 절규일까,
청동 천사 하나 임원 속에서 인간을 짓밟을 때면,
성인聖人의 살점이 이글거리는 석쇠 위에서
                    지글지글 녹아내릴 때면.

황토 오두막 주위로 붉은 포도넝쿨이 감아 올라가고,
무슨 소린가 울리는 누렇게 바랜 곡식단들,
웅웅대는 벌떼의 울음소리, 두루미의 비상.
저녁녘 부활한 자들이 바위 오솔길에서 서로 맞닥뜨린다.

나병환자들은 검은 물에 자신을 비춰보거나
아니면 오물로 얼룩진 저네 옷들을 열어젖힌다,
눈물을 흘리며 장밋빛 언덕에서 불어오는
                    발잠향 가득 품은 바람을 향해.

날씬한 하녀들은 밤의 골목길들을 두루두루 훑는다,
행여 근사한 양치기나 찾아볼까 싶어.
토요일저녁에는 오두막집마다 부드러운 노랫소리 울린다.

놔두어라, 그 노래 소년을 기억케 할지라도,
소년의 광기를, 그의 하얀 눈썹을, 사멸을,
파르스름 두 눈을 뜬 채 부패해가는 자를, 기억케 할지라도.
오오, 이 재회는 얼마나 슬픈가.

시커먼 방으로 가는 광기의 계단들,
열린 문 아래 노인의 그림자들,
거기 헬리안의 영혼이 장미빛 거울 속에서 자신을 주시하자
눈[雪]과 나병이 그의 이마에서 사그라진다.

담장 가에서는 뭇별들이 소멸해버렸고
빛의 하얀 형상들도 희미해졌다.

양탄자에서는 무덤의 유골들이 나오고,
언덕 위에는 쓰러진 십자가들의 침묵이,

자홍색 밤바람 속 향연香煙의 감미로움이.

오오 너희들 모든 시커먼 입안마다 으스러진 눈들이여,
가볍게 정신착란을 일으킨 손자는
쓸쓸히 한층 암울할 종말을 곰곰 생각해 보는데,
말없는 신神은 푸른 눈자위를 그의 위로 드리워준다.

어느 가을 저녁

Ein Herbstabend, 1913
카를 뢰크에 바쳐(An Karl Röek)

갈색의 마을. 뭔가 어둑한 것이 걸어가며
가을 빛 속에 서있는 성벽 가에 종종 모습을 드러낸다,
형체들이, 사내가 되었건 아낙네가 되었건, 망자亡者들이
침상이 마련된 냉기 서린 방안으로 들어간다.

이쪽에서는 소년들이 놀고 있고. 무거운 그림자들이
싯누런 거름통 위로 몸을 확장시킨다. 하녀들이 축축한
푸르스름한 것 사이로 지나가며 이따금 그녀
두 눈으로 본다, 밤의 종소리로 가득한데.

외로운 이에게는 저기 목로주점이 있지,
거기에서는 어둑한 아취 아래 끈질지게들 빈둥거리지
황금빛 담배연기에 자욱이 배어든 채로.

그러나 그 고유의 것은 언제나 근접해 시커멓게 존재한다.
취객은 해묵은 아취형 천정의 그늘 속에서
이미 아스라이 날아간 야생 철새무리를 생각한다.

저녁노래

저녁녘, 어두운 오솔길을 걷노라면,
우리의 창백한 형상들이 앞에 나타난다.

갈증이 나면
늪의 허연 물을 마신다,
우리들의 슬픈 유년시절의 감미로움을.

죽어간 우리들은 홀룬더紫丁香[64] 덤불숲 아래 휴식을 취하고
잿빛 갈매기들을 바라본다.

수도사들의 한결 고귀한 시간을 침묵하는
음산한 도시 위로 봄철 뭉게구름이 올라온다.

그대의 얄팍한 양손을 잡으니
동그란 두 눈을 살며시 뜨셨지,
오래전이었다.

---

64 Holunder Busch: 앞에서도 여러 번 나온 트라클이 자주 쓰는 나무들 중 하나. 한국어 번역명이 좋지 않아 "홀룬더" 혹은 "자정향"을 같이 쓰곤 한다. 라일락 과에 속하는 나무로 흰색의 꽃이 된다.

제1부 Erster Teil | 113

그래도 음울한 화음이 영혼을 엄습하면,
그대 순백純白이시여, 벗님의 가을 풍경 속에 나타나시리.

밤노래

Nachtlied, 1913

미동도 없는 자의 숨결. 짐승 얼굴 하나이
푸르스름함 앞에, 그 성스러움[65] 앞에 경직한다.
바위 속 침묵이 압도한다.

한 마리 밤새의 가면. 부드러운 삼중三重 음이
단음單音으로 소멸한다. 엘라이여![66] 너의 모습
말없이 푸르스름한 물 위로 몸을 굽힌다.

오오! 너희 진리의 고요한 거울이여.
고독한 자의 상아象牙 관자놀이에는
타락한 천사의 반사체가 나타난다.

---

65 Blau 푸른,푸르스름함- Das Heilige 성스러움. 이처럼 트라클 시에서 푸른색(Blau)은 긍
정적인 색조상징일 때가 대부분이다.

66 트라클의 시에 환기喚起되곤 하는 엘리스와 엘라이는 히브리어로 "나의 신"을 의미하는
"엘리"(Elli)를 시사하는 것으로 여겨진다.

마을에서

Im Dorf, 1913

1

누런 성벽 밖으로 마을 하나이 나타난다, 들판이.
양치기 하나 오래된 바위위에서 부패해 간다.
숲 기슭은 파란 짐승들을 품에다 숨겨 안고,
연한 나뭇잎들은 고요 속으로 떨어진다.

농부들의 갈색 이마들. 오래도 울리는구나
저녁종소리. 경건한 풍습이 아름다워라,
구세주의 검은 머리 가시관을 쓰시고,
죽음이 속죄하는 서늘한 납골당.

어머니들은 얼마나 창백한가. 푸르스름한 것이[67]
제 의미를 자랑스레 보존하는 유리와 관위에 안치된다.
또한 고령高齡의 백발 머리가
젖과 별을 빨아 마시는 손자뻘 아기에게로 기울인다.

---

67 푸르스름한 것("Blaeuliche") : 이 경우는 사실적이어서 사망한 지 오래되지 않은 시체의
푸르스름함을 묘사하고 있다. 이 시에서는 푸른색(Blau, das Blaeuliche) 등 푸른 색조가
여러 군데에서 사용되고 있는데 모두 부정적인 이미지임에 유의할 필요가 있다. 다시 말
해 색조상징뿐만 아니라 모든 경우 한 가지로만 한정되지 않는다는 것이 트라클의 시어
의 특징이다..

2

성령 속에 쓸쓸히 죽어간 빈한한 독거노인,
오래된 오솔길 넘어 밀랍 모양새로 올라온다.
사과나무들은 나목이 되어 조용히 주저앉는다,
시커멓게 썩어버린 제 열매 색깔 속으로.

바싹 건조한 밀짚으로 이은 지붕이 여전히
잠든 암소들 위로 둥그렇게 솟아있고. 눈먼 하녀가
농가 뜰에 나타난다, 시퍼런 강물이 비탄한다,
죽은 말의 두개골이 부식된 성문에서 경직된 채 응시한다.

동네 천치가 뜻도 모르는 채 사랑의 말을 지껄이고
그 말, 꿈의 모습으로 호리호리한 그이가 서있는
검은 덤불숲 속에서 메아리가 된다.
저녁 종은 습기 찬 파르스름함 속에서 계속 울린다.

3

앙상한 가지들이 편서풍에 창문가에 부딪치고.
농가 아낙(農婦)의 모태 속에는 격렬한 비애가 자라고 있다.
그녀의 팔을 관류하여 검은 눈[雪]이 흘러내리자,
금빛 눈[目]을 한 부엉이들이 그녀 머리 주위에서 푸드득 푸드득
날갯짓을 한다.

담장들은 황량하고 때에 찌들어 응시한다,
서늘한 어둠속으로.　열병환자의 침상에서는
불손한 달이 탐욕스레 노려보는 임산부의 몸뚱이 오한이 난다.
그녀의 방 앞에는 개 한 마리 돌연 죽어 뻗어버린다.

세 명의 사내가 들판에서
부러진 낫을 들고 성문을 지나 음험하게 나타난다.[68]
빨간 저녁바람이 창문을 지나 쨍그랑거리면,
검은 천사 하나 거기에서 앞으로 등장한다. [69]

---

68 '낫을 든 사람'은 예부터 죽음의 사신을 의미한다.

69 마을에서(Im Dorf)라는 목가적인 제목과 달리 시 전편이 죽음의 그림자가 드리운 듯한 마을 풍경을 그리고 있다. 푸른색(Blau)만 하드라도 번번이 죽음과 연계되어 사용되고 있음도 특이하다. 결국 시의 종결부에는 드디어 죽음의 사자가(Der Sensemann), 검은 천사(ein schwarzer Engel) 직접 나타나고 있다.

까마귀

Die Rabbe 1909

시커멓게 후미진 구석 위로 급히 날아간다
정오에 까마귀들이 앙칼짐 소리를 짖어대며,
그 그림자는 암사슴 곁을 스치며 지나가고
이따금 소란스레 쉬고 있는 게 눈에 들어온다.

오, 놈들 어찌 이 싯누런 적요를 방해하는가,
그 고요 속에 전답이 부르르 경련을 일으킨다
불길한 예감에 사로잡힌 한 여인네처럼
이따금 까욱까욱 욕지거리를 해대는 소리 들려온다

어디선가 냄새를 맡은 짐승의 썩은 살코기 주위에서,
그러다 돌연 그 비상飛翔의 방향을 북쪽으로 향한다
그러곤 장례행렬 마냥 사라져간다
쾌락으로 전율하는 허공중에서

어린 하녀 이야기

Die junge Magd, 1913

루드비히 폰 픽커**70**에 바쳐(An Ludwig vom Ficker)

1

때때로 우물 가, 황혼이 깃들면,
그녀 마법에 걸린 양 서있는 것이 보인다
물을 긷는 것이, 황혼이 깃들면
두레박이 오르내리는 것이.

너도밤나무 속에는 까마귀들이 파드닥거리고
하녀는 그림자를 닮았다.
노란 금발은 하늘하늘 나부끼고
농가 뜰에서는 쥐들이 찌이익 찍 울부짖는다.

바싹 마른 잔디가 쇠락해가며
사멸의 교태인가 들뜬 마음으로
뜨겁게 달아오르는 눈자위를 내리깐다.

---

70 루드비히 폰 픽커(Ludwig von Ficker)는 트라클이 비인에서 약사로 일할 때 사귀게 된 시인으로 트라클은 그의 도움으로 비인의 문단에 소개되어 당시 유명했던 비평가 카를 크라우스(Karl Kraus) 등 문인들이 중심이 되어 발간되던 문예지 〈브레너〉(Brenner)지에 시작품들이 발표하기도 하면서 시인으로서 이름을 알려갔다. 픽커와는 이후 절친한 사이가 되어 전사하기 직전까지 전선에서 쓴 자신의 작품들을 보내곤 하였다. 그의 사후(posthume) 정리 정돈되어 나온 시집은 픽커와 카를 크라우스의 도움이 컸다.

하녀의 발치께로 내리깔린다.

2

쪽방 속에서 하녀는 적요를 만들고
뜰에는 인적이 끊긴지 이미 오래였다.
쪽방 앞 자정향 속에서는
지빠귀 한 마리 구슬프게 운다.

거울 속에는 그녀 형상이 노을 빛 속에서 은빛으로
그녀 자신을 낯설게 바라보다가
희미하게 사위어든다
하녀는 그 순결함에 소름이 끼친다.

꿈꾸듯 하인 녀석 하나 어둠 속에서 노래를 흥얼거리고
그녀는 고통을 못 이겨 몸부림치며 경직한다.
빨그레한 게 어둠을 뚫고 방울져 떨어지고
느닷없이 대문가에서는 남풍이 요동친다.

3

밤마다 황량한 초원 너머로
하녀는 고열의 환각 속에서 비틀대며 달린다

바람은 초원에서 성난 듯 울부짖고
달은 나무들 사이로 엿듣고 있다.

머잖아 온 주위 별무리는 빛을 잃고 희미해지리라.
고통과 시련에 마비되어
그녀의 뺨도 밀랍처럼 창백해지리라.
바닥에서는 부패의 악취가 풍겨 올라오리라.

웅덩이 속에서는 갈대가 구슬프게 서걱거리고
하녀는 웅크린 채 몸이 시려 얼어붙는 듯.
멀리 수탉이 운다. 웅덩이 위로
매섭게 잿빛으로 새벽이 내리깔린다.

4

대장간에는 망치소리 진동하고
하녀는 문가를 스쳐 지나간다.
하인 녀석은 시뻘건 망치를 휘두르고
그녀는 죽은 듯이 건네다 본다.

꿈꾸듯 하녀는 웃음과 맞닥뜨린다.
비틀비틀 대장간 안으로 들어선다,
하인 녀석의 웃음에 수줍어 몸을 굽힌 채,

단단하고 포악한 망치처럼.

대장간 안에는 환하게 불똥이 사방으로 흩뿌려지고
하녀는 어쩔 줄 몰라 당황한 몸짓으로
사나운 불꽃을 향해 쫓아가다
실신하여 바닥에 쓰러진다.

5

침상에 처참하게 초췌한 모습으로 몸을 뉘이고
감미로운 불안에 가득 차 하녀는 깨어나
때에 찌든 저의 침상이
온통 황금빛 광휘로 덮여 있는 것을 본다.

저기 창가의 레제다 꽃들을
파르스름한 청명한 하늘을.
이따금 바람은 창가에로
종소리의 부드러운 울림을 실어온다.

그림자들이 베개 너머로 미끄러져 사라지고,
느릿느릿 정오가 울리는데
하녀는 베개 속에서 무겁게 숨을 몰아쉰다,
헌데 그녀의 입은 영락없는 상처 같구나.

6

저녁이면 피 묻은 아마포[71] 홑이불이 펄럭이며 떠다니고,
구름은 검은 아마포에 덮인
말없는 숲 위로 떠다닌다.
참새들이 들판에서 짹짹 요란스럽다.

하녀는 어둠 속에 온통 하얗게 누워있다.
지붕 밑 비둘기 구구대는 소리 사위어든다.
덤불숲과 어둠 속 부패한 시체처럼
파리들이 그녀의 입가에서 윙윙거린다.

꿈속인 양 싯누런 촌락에서는
춤과 바이올린 소리 메아리치고,
하녀의 모습이 촌락을 두루두루 떠다니는데,
머리칼이 헐벗은 나뭇가지 사이에서 펄펄 나부낀다.

---

71 아마포는 시신을 홑이불로 둘러싸는, 말하자면 수의에 해당된다.

꿈속의 제바스치안
SEBASTIAN IM TRAUM

공원에서

Im Park, 1912

옛 공원에서 다시 거니노라니,
오오! 묵묵한 노랑과 붉은 꽃들.
너희들 역시 애도하는구나, 너희 부드러운 제신들이여,
느릅나무의 가을다운 황금빛이여.
미동도 않고 솟아 올랐구나, 파르스름한 연못가에
갈대도, 지빠귀도 저녁이 되니 입을 다물었네.
오! 이제는 너 이마여 너 또한 조아려라,
소멸해간 선조들의 대리석상 앞에.

소년 엘리스에 부쳐

An den Knaben Elis, 1913

엘리스여, 지빠귀가 검은 숲 속에서 부르짖으면,
그것은 너의 파멸이다.
너의 입술 푸른 바위샘물의 서늘함을 마신다.

놔두어라, 너의 이마가 가볍게 출혈을 해도
태곳적 전설들이며
새의 비상에 대한 음울한 해석 따윈 그만두란 말이다.

너 그러나 사뿐한 걸음걸이로 자홍색 포도알들이
가득히 열린 밤을 향해 간다,
그러면 너 팔을 푸르름 속에서 한층 더 멋지게 움직이지.

너의 달 같은 두 눈이 머물고 있는
가시덤불이 노래를 부른다,
오오, 얼마나 오래, 엘리스여, 너는 죽어있는가.

너의 몸뚱이는 히야신스 ,

그 안으로 수도승 하나 밀랍 손가락을 들이 민다[72].
우리들의 침묵은 시커먼 동굴이지.

그 밖으로 불현듯 유순한 짐승 한 마리 걸어 나와
느릿느릿 무거운 눈시울을 감는다.
너의 관자놀이 위에로는 검은 이슬이 방울져 떨어진다,

소멸해간 별의 마지막 황금이.

---

72 예수님의 부활을 믿지 못하겠다며 그 상처를 손으로 확인 하고야 믿었던 열 두 제자 중
토마스를 연상시키는 상이다.

엘리스

Elis, 1913

I

이 황금빛 대낮 고요는 완벽하다
떡갈나무 고목 아래에
그대 나타난다, 엘리스여, 둥그런 눈을 한 안식을 취하는 이여.

그 두 눈의 파란 색깔은 연인들의 선잠을 비춰주고.
그대의 입가에서는
저들의 장밋빛 한숨이 돌연 그쳐버렸지.

저녁녘 어부는 묵직한 어망을 끌어올렸지.
어느 선량한 양치기는
숲 기슭에로 가축들을 이끌어간다.
오오! 얼마나 정의로운가, 그대의 모든 나날들은.

살며시 내려앉는다,
황량한 성벽에서 올리브나무의 푸른 적요가,
한 백발노인의 음울한 노래가 사위어든다.

황금빛 거룻배 한 척이

그네를 태운다, 엘리스여, 외로운 하늘에서 그대의 심장을.

II

엘리스의 가슴속에서는 부드러운 종소리의 연주가 울린다
저녁에는,
그의 머리가 검은 베개 속으로 가라앉는 저녁에는.

푸른 들짐승[73] 한 마리
가시덤불 숲속에서 조용히 출혈을 한다.

갈색 나무 한 그루 외따로 저쪽에 서있고
파란 열매들이 그 나무에서 떨어진다.

징표들과 성좌들
저녁 연못 속에서 살며시 침몰한다.

구릉 뒤쪽에는 겨울이 왔다.
푸른 비둘기들은
밤이면 엘리스의 수정水晶 이마에서 흘러내리는

---

73 ein blaues Wild : 푸른 들짐승 : 트라클의 서정적 드라마 속에 자주 등장하는 "인
물"(persona drama) 중 하나로 누이동생을 가리킬 때도 있고 또는 시적 자아를 대리한다.

얼어붙은 땀을 마신다.

언제나 윙윙 울린다
시커먼 성벽 가에서 신의 고독한 바람이.

시도송時禱頌

Stundenlied[74]

어두운 눈길로 연인들은 서로를 바라본다,
금발 눈부신 이들이. 캄캄한 칠흑 속에서
그리운 팔들은 서로 빈틈없이 얽혀 꽉 부둥켜안는다.

황홀경에 취했던 입이 진홍으로 으스러졌다. 둥그런 눈들은
봄날 오후의 짙은 황금빛을 반사하고,
검은 숲 기슭을, 녹색의 주위에는 저녁의 초조함을,

아마도 형용할 수 없는 철새의 비상을, 칠흑의 마을로 가는
태어나지 못한 자의, 여름들에로 가는 쓸쓸한 오솔길을
퇴락해간 푸르스름함에서 이따금 수명壽命을 다한 이가
                                        걸어 나온다.

밭에서는 노란 옥수수가 솨솨거린다.
살아가는 게 힘겨워, 농부는 낫을 강철처럼 뒤흔들고,
목수는 거대한 대들보를 끼우고 있다.

---

74 Stundenlied:가톨릭교회의 수도원에서 시간에 맞춰 드리던 개인적인 기도문 모음을 시도서時禱書(Stundenbuch)라고 하는데 시도송은 이 안에 포함되어 있어 노래로 기도드리던 기도문의 일종.

가을에는 나뭇잎 진홍으로 물들고, 포도송이 무르익어
넓직한 농가 뜰마다 잔치분위기 흥건하다.
누렇게 변한 과일들이 한층 더 달콤한 향기를 풍기고,
즐거운 이의 웃음소리 나직하다,
그늘진 지하 창고에서는 음악과 춤이
                    나직이 울리고.
노을이 물들어 오는 정원에는 요절한 소년의 나직한
                    발걸음 소리.[75]

---

75 이 시에는 유난히 여러 색조가 전편에 걸쳐 깔려 있다. 첫 행에 여두운 dunkle ; 이어
두 번째 행에는 금발 Blonden ; 칠흑 Finsternis / 4행에 자홍, 진홍 Purpurn / 5행에 짙
은 금빛 dunkle Gold / 6행에 시커먼 숲 Schwaerze des Walds / 녹색 Gruen / 8행 칠
흑의 마을들 / finsteren Doerfern / 9행 퇴락해간 파르스름함 verfallener Blaeue / 10
행 노란 옥수수 gelbe Korn / 13행 진홍, 지홍 Purpurn / 16행 싯누렇게 바랜 과일들
vergilbte Fruechte / 18행 노을이 물들어 오는 정원daemmernden Garten 등이며, 거의
매 시행마다 색조가 들어 있어 실로 "오색찬란한" 한 편이다.

도중에

Unterwegs, 1913

저녁녘 그들은 낯선 객을 시체실로 날라 갔다.
타르 냄새, 붉은 플라타너스나무의 나직한 사각거리는 소리,
까마귀들이 음울한 비상飛翔, 광장에는 경비가 초소를 지키고
태양이 검은 아마포 속으로 가라앉자, 이 지나간 저녁은
                              자꾸만 자꾸만 되돌아온다.
옆방에서는 누이가 슈베르트 소나타 한 곡을 연주하고[76]
그녀의 미소가 극히 나직하게 퇴락한 분수 속으로 가라앉자,
그 분수 파르스름하니 황혼 속에서 쏴쏴 소리를 낸다. 오 우리네
                              종족은 얼마나 오래되었을까.
누군가 저 아래 정원 속에서 소곤대고, 누군가 이 시커먼 하늘을
                              떠나갔다.
서랍장 위에서는 사과 향기 풍기고 할머께서 황금빛 촛불을
                              밝히신다.

오오, 가을은 얼마나 온화한가. 우리들의 발걸음은 옛 공원 안
                              우람한 나무 아래에서

---

76 실제 트라클의 누이동생 그레테는 피아노를 연주했으며, 피아노 공부를 하기 위해 베를린으로 유학을 갔었다.

나직이 울린다. 오오, 얼마나 진지한가, 황혼의 히야신스 같은 모습은.
네 발치께로 푸른 샘물, 네 입술의 빨간 고요는 신비스럽기
그지없다,
나뭇잎의 졸음으로, 쇠락해간 해바라기의 짙은 황금빛으로 온통
우중충해졌구나.
너의 눈시울은 양귀비 때문에 무거워져 내 이마 위에서 은밀히
꿈을 꾼다.
부드러운 종소리 가슴을 관류하며 격렬히 전율시킨다. 파란 구름
한 조각은
황혼 속에서 나에게로 가라앉은 너의 얼굴이다.
어느 낯선 주막에서 울리는 기타소리에 맞춰 부르는 노래 한 가락,
저쪽에는 야생의 자정향 덤불숲, 오래전 지나간
어느 11월의 하루,
황혼이 깃드는 계단 위에서 울리는 낯익은 발걸음 소리, 누렇게 바랜
대들보의 모습,
감미로운 희망이 저만치 움츠러져 들어간 어느 열린 창문 –
그 모든 것들은, 오 신이시여, 말로 표현할 수 없어, 감격하여
무릎을 꿇습니다.

오오, 이 밤은 얼마나 캄캄한가. 진홍빛 불꽃 하나
내 입술에서 꺼져버린다. 고요 속에서
쓸쓸한 현악연주의 불안한 넋이 소멸해간다.
놔두어라, 포도주에 취해 머리를 수렁 속으로 쑤셔 넣는다 한들.

유년시절

Kindheit, 1913

자정향 나무에는 열매들이 탐스럽게 열렸고, 유년시절은 평온하게
파란 동굴 속에서 살고 있었지. 지금은 누렇게 변한 야생의 잔디가
사르르 거리는 지나간 오솔길 너머,
조용한 가지는 기억한다, 나뭇잎의 살랑대던 소리를

파란 물이 바위 속에서 울릴 때, 한결같음을.
지빠귀의 울음소리 부드러워라. 양치기 하나
가을 능선에서 굴러 넘어가는 석양을 묵묵히 좇는다.

푸른 한 찰나는 다만 더욱 더 농밀하게 영혼만을 지닐 뿐.
숲 기슭에서는 수줍은 들짐승 한 마리[77] 몸을 드러내고, 평온하게
대지에는 옛 종소리들과 칠흑의 촌락이 쉬고 있다.

너 더 한층 경건하게 깨닫는다, 어두웠던 시절의 의미를

---

77 들짐승, ein Wild : 트라클 시에 자주 나오는 모티프. 시인 자신을 표현한다고 학자들
은 보고 있다. 여러 부가어와 함께 등장한다. 예컨대, "푸른 들짐승", "상처 입은...", "병
든..." 따위들이며, 드러나지 않은 시적 자아이곤 하다

쓸쓸한 방에서 지낸 냉기와 가을을.
성스러운 푸르름 속에서 빛나는 발걸음 소리 계속 울린다.

열린 창문이 가볍게 덜컹거리고, 피잉 -, 눈물겹도록
비탈진 구릉가 피폐한 묘지의 모습이 마음을 격렬히 뒤흔든다.
들려주던 전설들에 대한 추억, 그러나
                    불현듯 영혼이 환히 밝아지기도 한다,
유쾌한 사람들을, 짙은 황금빛 봄날들을 생각할 때면.

꿈속의 제바스치안

Sebastian Im Traum, 아돌프 로오스를 위하여[78]

1

어머니는 하얀 달빛 속에서 아기를 품고 가셨지,
호두나무 그늘밑, 자정향 고목의 그늘 속에서,
양귀비 액즙에 도취되어, 지빠귀의 울부짖음에 취하여,
그녀 위로 살며시
수염 난 얼굴 하나이 연민의 정으로 기울여왔네.

나직이 창문의 어두움 속에서, 조상님들의
해묵은 가재도구는
피폐한 채 놓여있고, 사랑과 가을의 몽상이 놓여 있었네.

그해 그날은 음울하였네, 슬픈 유년시절이,
소년이 조용히 서늘한 강물에로, 은빛 물고기에로 내려
                                        갔을 때,
안식과 얼굴이,
요동치는 까마귀 떼 앞에 소년이 돌처럼 제 몸을 내던졌을 때,

---

78 트라클이 1910년경 "문학 및 학술협회"에서 알게 된 건축가이자 비평가(Adolf Loos).
이후 같이 여행도 하는 등 친구관계로 발전하였다.

잿빛 밤 그의 별이 머리 위로 다가왔네,

아니면 소년이 얼음처럼 싸늘한 어머니의 손에 잡혀
저녁녘 가을의 성 페터 묘지 너머로 갔을 때,
부서질 듯 부드러운 시신[79] 하나 어둠속에 조용히 납골당에
                          안치되어 있었고
소년은 싸늘한 눈꺼풀을 시체 위로 치켜 올렸네.

소년은 그러나 앙상한 가지 속 작은 새 한 마리였네,
종소리 11월의 어느 저녁 길게도 울렸지
아버지의 고요함, 잠에 취해 황혼이 깃드는 나사 형
                          계단을 내려오고 계셨을 때.

2

영혼의 평온. 쓸쓸한 겨울저녁,
오래된 연못가에는 양치기들의 음산한 형체들,
초막草幕 속에는 아기. 오오 얼마나 고요히
그 얼굴은 검은 열병 속에 침몰해 갔던가.
거룩한 밤이었지.

---

79 부드러운 시체("ein zarter Leichnam") 란 사망한 지 오래지 않은 시신을 형용하려는 듯
하다. "부서질 듯"이라는 옮긴이의 보조적 표현 임.

아니면 소년이 아버지의 투박한 손에 잡혀
조용히 칠흑의 갈보리 산[80]을 내려오고 있었을 때
황혼이 깃드는 암석의 우묵한 곳에서
인간의 푸른 형체가 제 자신의 전설을 관류하여 갔을 때,
심장 아래 상처에서 진홍빛의 선혈이 흘러내렸을 때.[81]
오오 얼마나 조용히 어두운 영혼 속에서 십자가가 일어섰던가.

사랑이었다면, 시커먼 후미진 구석에 눈이 녹았을 때,
파란 공기 한 자락 명랑하게 자정향 고목의 가지에 걸렸을 때,
호두나무 그림자 아치 속에 잡혔을 때,
소년에게 장밋빛 천사님이 살며시 나타났을 때.

희열이란, 서늘한 밤 저녁소나타 한 곡 울렸을 때[82],
갈색의 목재 구재構材 속에서
파란 나비 한 마리 은빛 번데기 밖으로 기어 나왔을 때.

오오 임박한 죽음이여. 돌로 쌓은 담장 속에
노란 금발 머리가 숙여왔을 때, 말없이 그 아이,

---

80 그리스도를 십자가에 못 박은 언덕. 골고다.

81 예수님을 십자가에 못 박아 처형한 뒤 죽음을 확인하기 위해 심장 아래에 창을 찔러 피가 흐르는지를 확인하였다. 그리하여 두 손, 두 발, 그리고 심장 아래를 합쳐 오상五傷이라고 한다. 한편 가슴의 상처는 로마 병사가 예수님의 고통을 빨리 그치게 할 의도로 일부러 찔렀다고도 하는데 옮긴이가 로마의 성 페터 대성당 내 바로 가슴을 찌르는 그 그림 곁에서 해설하는 사람에게서 들었으며 그 후 나름대로 찾아보았으나 확인할 수 없었음.

82 누이는 피아노 전공자

그때 그 3월에 달은 침몰하고 말았네.

3

밤의 둥그런 천정의 지하묘지 속에는 장밋빛 부활절 종소리,
별들의 은빛 음향들,
공포 속에 어느 음산한 광기가 잠든 자의 이마에서 가라앉았네.

오오 푸른 강물 따라 내려가는 발걸음은 얼마나 조용했던가
망각했던 것을 기억해내며, 그때 녹색 가지 속에서는
지빠귀들이 어느 낯선 이를 침몰에로 불렀네.

아니면 그가 노인의 뼈마디 앙상한 손에 잡혀
저녁이면 도시의 무너진 담벽 앞을 가고 있을 때
또한 그가 검은 외투 속에 발그레한 한 아기를 안고 갔을 때,
호두나무 그늘 속에는 악령이 출현했었지.

여름철의 여러 색조의 녹색 층들[83]을 가다듬어 관장하는 손길.
오오 가을의

---

83 여름의 녹색 단계들("die gruenen Stufen des Sommers") : 이른 봄 새순이 움트고 나서 나날이 짙어가는 온 자연을 덮고 있는 녹색은 시간이 갈수록 연한 연두에서 짙고 검푸른 녹음綠蔭으로 될 때, 그리고 가을을 향해 녹색이 서서히 바래며 단풍으로 물드는데 그런 단계를 말한다.

갈색 적요 속 정원은 얼마나 묵묵히 쇠락해 갔던가,
자정향 고목의 우수와 향기,
거기 제바스치안의 그림자 속에서 천사님의 은빛 음성이 서서히
사멸해 갔네.

제2부
Zweiter Teil

FRÜHLINGS
Gedichte

풍경

Landschaft, 1913

9월 저녁, 양치기들의 음울한 가축 부르는 소리가 황혼이 깃드는
마을 곳곳으로 구슬프게 울리고, 대장간에서는 불똥들이
흩뿌려져 날아간다.
말 한 마리 힘차게 우뚝 일어선다. 하녀의 히야신스 같은 따아
따아 내린 머리가
말의 진홍색 콧구멍의 격정을 향해 기를 쓴다.
숲 기슭에서는 암사슴의 울부짖음이 나직이 경직되고
가을의 노란 꽃들이
늪의 푸른 얼굴 위로 한들한들 고개를 흔든다.
나무 한 그루 빨간 불꽃 속에서 불타버렸지, 어두운 얼굴을 한
박쥐들이 프드덕대며 날아올랐다.

늪가에서

Am Moor, 1913

검은 바람 속에 방랑객. 메마른 갈대가 나직이 소곤댄다,
늪의 정적 속에서. 잿빛 하늘가에는
한 무리 야생의 철새 떼가 따른다,
검은 물들을 가로지르며.

솟아오르는 소용돌이. 쇠락한 오두막 속에서
부패가 검은 날개를 퍼드덕대며 날아오른다.
불구가 된 자작나무들이 바람 속에서 자작자작 탄식을 한다.

썰렁한 선술집의 저녁. 귀향길에는
풀을 뜯는 가축 떼의 부드러운 우수가 감돌고,
밤의 환영이. 두꺼비들이 은빛 물에서 떠오른다.

늪가에서

Am Moor, 1914년, (재고再稿, 2. Fassung)

검은 바람에 나부끼는 외투자락.
늪의 정적 속에서 메마른 갈대가
나직이 사각거린다. 잿빛 하늘가에는
한 무리 야생의 철새들이 줄지어 따라간다,
칠흑의 물들을 가로지르며.

두 손은 뼈마디 앙상한 헐벗은 자작나무 가지사이로
　　　　　　　미끄러져가고
발걸음에 누런 나뭇가지 꺾이는 소리 부스럭댄다,
외로운 짐승 한 마리 살다가 죽어가는 곳.

치솟아 오르는 소용돌이. 쇠락한 오두막 속에서
타락한 천사 하나 검은 날개를 퍼드덕대며 날갯짓을 한다.
구름의 그림자들, 나무의 광기,

까치들[84]의 울부짖음. 자그마한 노파가 마을로
들어가는 길을 건너간다. 검은 나뭇가지 아래에

---

84 독일에서는 일반적으로 까치를 불길한 새로 여긴다.

오 무엇이 저주와 불길로 발걸음을 막는가,
소리 없이[85] 울리는 저녁종소리. 금세 눈이 내릴 테지.

폭풍우. 늪 속의 부패의 음험한 유령과
방목하는 가축 떼의 우수.
묵묵히 몰아낸다
갈가리 찢긴 돛대로, 밤이 하늘을.

---

85 "소리없이" : stumm 종소리가 "소리"를 잃었다면 정상은 아니다.

휴식과 침묵

Ruh und Schweige, 1913

황량한 숲에서 양치기들은 태양을 매장해 버렸고.
어부는
낡은 어망에다 살얼음 진 연못에서 달[月]을 끌어올렸지.

파란 수정 속에는
파리한 인간이 살고 있지, 뺨을
      저의 별에다 기대인 채.
혹은 자홍색 잠속으로 머리를 꾸벅이거나.

그러나 새들의 검은 비상은 우러러 보는 이를
늘 감격시킨다, 파란 꽃들의 거룩함을,
망각했던 것의 근접한 고요를, 꺼져버린 천사를 생각한다.

다시금 이마는 달빛어린 바위 속에서 밤을 지새우고.
어느 눈부시게 빛을 뿜는 젊은이[86]
가을철 누이가 나타난다
      검은 부패 속에서.

---

86 (strahlender) Jüngling: 자주 나타나는 모티프로 대개 누이와 같이 나타난다. 숨어있는 시
적 자아이곤 하다.

봄날에[87]

Im Frühling, 1913

내린 눈이 어두운 발걸음에 나직이 가라앉고,
나무 그늘 속에서
연인들은 발그레한 눈꺼풀을 치켜뜬다.

언제나 어부는 어두운 외침을 좇는다
별과 밤을,
그러곤 박자에 맞춰 조용히 노櫓를 젓는다.

머잖아 무너진 담장 가에는 피어나겠지
바이올렛 꽃들이,
고독한 이의 이마도 그렇게 녹색으로 물이 들겠지.

---

87 '란스 마을의 저녁'(Abend in Lans); '몽크봉에서'(Am Monchberg) 과 함께 연작시로 구상
했던 시 중의 한 편.

란스 마을[88]의 저녁

Abend in Lans, 1913

누렇게 퇴색한 곡식 단들을 지나
황혼이 깃드는 여름을 가로지르는 방랑길.
　　　회칠한 아취 아래,
제비들이 들락날락거리는 곳에서, 우리는
　　　불타는 포도주를 마셨지.

근사하구나, 오오 울적함과 자홍빛 웃음.
저녁과 녹색의 짙은 향기가
우리들의 불타는 이마를 소나기 되어 식혀준다.

은빛 계곡물이 숲의 높은 곳에서 층지어 아래로 흐르고,
밤 그리고 말없는 어느 망각해버린 인생.
벗들이여, 나뭇잎 깔린 마을로 들어가는 오솔길이여.

---

88 84와 같음.

몽크봉[89]峰 기슭에서

가을철 느릅나무 그늘에서 무너진 오솔길이
　　　　내리막으로 곤두박질치는 곳,
아스라이 나뭇잎 오두막들, 잠든 양치기들,
울퉁불퉁 고르지 못한 계단 너머 서늘함의
어둑한 형체가 언제나 방랑객을 따르고,
　　　　소년의 히야신스[90] 같은 음성이
망각했던 숲의 전설을 나직이 들려준다,
이제 한결 더 부드럽게 한 병든 수도사는 아우의 격렬한
　　　　비탄을 들려준다.

이제 드문드문 간신히 남은 녹색이 낯선 이의 무릎을,
석화石化된 머리를 어루만지고,
좀 더 가까이에서는 파란 샘물이, 아낙네들의 비탄이 흑흑
　　　　흐느끼는 소리를 낸다.

---

89 이 시도 위의 두 시와 함께 트라클이 구상했던 연작시 중의 한 편이다.
　　몽크봉(Mönch): 스위스의 융프라우(Jungfrau)봉 군에 속하는 산 이름. 융프라우와 아이
　　거(Eiger)사이 칸톤(Kanton) 지방과 베른(Bern) 그리고 발리스(Walis) 지방의 경계선 상에
　　자리한 해발 4099m 높이의 봉우리이다.
90 희랍신화에서 아폴로가 사랑했던 미소년. 소년이 죽자 그의 피에서 꽃이 피어났다고 한
　　다.

제2부 ZweiterTeil ｜ 153

호엔부르크 성[91]

Hohenburg, 1913

집에는 아무도 없고. 방마다 깃들은 가을,
월광 소나타[92]
그리고 황혼이 깔리는 숲 기슭에서의 깨어남.

그대 언제나 인간의 파리한 얼굴을 생각한다
가뭇없이 흘러간 시대의 혼잡에다,
몽상가 위쪽으로 녹색 가지들이 흔쾌히 몸을 숙여준다,

십자가와 저녁녘,
그의 별이 자홍색의 팔로 연주하는 이를 포옹한다,
인적이 끊긴 창문에로 떠오르는 별.

이제 어둠 속에서 낯선 나그네[93] 몸서리친다,
아스라이 사람 같은 형체 너머로 조용히 제 눈시울을
치켜떴을 때, 바람이 마룻바닥에 내는 은빛 음성.

---

91 현재는 프랑스에 속해 있는 옛 엘자스 주 바이쎈부르크(Weissenburg) 성의 폐허. Puller von Hohenburg의 본거지(1224~1482)로 중세 민네 가수였던 콘라드(Konrad von Hohenburg)도 속했던 곳이기도 하다.

92 베토벤의 '월광 소나타'일 필요는 없음

93 낯선 나그네, 낯선 이("der Fremdling"): 트라클 시에 자주 등장하는 모티프. 시적 자아를 시사할 때가 대부분이다.

카스파 하우저[94] 노래

Kaspar Hauser Lied, 베시 로오스[95]를 위해

그이는 참으로 태양을 사랑하였지,
능선 너머로 진홍색으로 가라앉는 석양을,
숲에 난 길들을, 지저귀는 검은 새를
그리고 녹색의 환희를.

그이의 거처는 실제로 나무그늘 속이었고
얼굴은 순결하였다.
신께서 그이의 심장에 보드라운 불꽃을 들려주셨으니,
오오 인간이여!

그이의 발걸음은 저녁이면 조용히 도시를 찾았고
입에서는 어두운 탄식이 터져 나왔으니,
나는 기사騎士가 될 터이다.

그러나 그를 따른 것은 관목덤불과 야생의 짐승이었고,

---

94 카스파 하우저라는 인물은 그 출생에 관해서는 많은 추측들이 있었고 역사적으로
1828년 16세 쯤 되는 소년으로 뉘른베르크에 최초로 등장하였다. 그는 사회에 등장한
지 5년 만에 살해되었으며 그 이유는 해명되지 않은 채로이다. 전설이나 옛이야기 등에
자주 등장하는 인물이다.

95 베시 로오스(Bessi Loos) : 영국 출신의 여류 무용가

파리한 인간들의 가옥과 황혼이 깃든 정원뿐이었지,
게다가 암살자가 그이를 찾고 있었다.

봄과 여름 그리고 정의로운 이의 가을철의 아름다움
그이의 조용한 발걸음 소리,
몽상가의 어두운 방으로 향해.
밤이면 그이는 오롯이 저의 별과 함께하였지,

앙상한 나뭇가지에 눈이 내리는 것을 보았고
황혼이 깃드는 마룻바닥에 암살자의 그림자를 보았지.
은빛으로 가라앉아 버렸지. 그 태어나지 못한 이의 머리는.

고독한 자의 가을
Der Herbst des Einsamen

저주받은 자들

Die Verfluchten, 1913

1

땅거미가 지는데 나이 지긋한 아낙네들이 샘물가로 가고
마로니에나무의 어둠 속에서 빨간빛이 웃음 짓는다
어느 상점에서는 빵 냄새 새어나오고
해바라기 꽃들이 울타리 너머로 고개를 숙인다.

강변의 목로주점은 여전히 후덥지근하고 여전히 나직하게 울린다.
은은한 기타 튕기는 소리, 동전 세는 쨍그랑 소리.
유리문 앞에서 조용히 하얗게 기다리는
저 자그마한 소녀 위로 한 줄기 성광聖光이 떨어진다.

오오! 푸른 광휘여, 그 소녀가 유리창 속에다 깨워놓았지,
가시로 테두리 쳐져, 검게 무아경에 경직되어버린 채로.
어느 곱사등이 문사文士는 미친 듯 미소를 짓는다,
사나운 소용돌이에 놀란 강물을 향해.

2

그 저녁 흑사병이 제 푸른 옷을 바느질하고
음험한 객이 하나 가만히 문을 닫는다.
창문을 통해 단풍나무의 검은 짐이 가라앉는데
한 소년이 이마를 그 역병의 손아귀에다 묻는다.

종종 그 역병은 사악하고 무겁게 제 눈꺼풀을 내리깐다.
아이의 양손이 그녀의 머리카락 사이로 흐르고
아이의 뜨거운 말간 눈물이 핑그르 –
시커먼 텅 빈 그 역병의 동공瞳孔 속으로 내닫는다.

역병의 들끓는 자궁 속에서 느릿느릿
주홍색 뱀의 똬리가 곤두선다.
양팔은 뭔가 죽어간 것을 놓아준다,
어느 양탄자의 슬픔이 둘둘 말아놓은 것을.

3

갈색의 자그마한 정원 안으로 종소리 울려오고,
마로니에나무의 어둠 속에 푸른빛 일렁인다,
어느 낯선 여인의 감미로운 외투자락이.
레제다 꽃향기, 그리고 불타오르는 악의의

감정. 축축한 이마는 싸늘하고 창백하게 몸을 숙인다,
시궁쥐들이 우글거리는, 뭇별들의 주홍색 광채로
미지근하게 헹구어진 오물 위로.
정원 안에는 사과들이 둔탁하고 물컹하게 떨어진다.

밤은 시커먼데. 편서풍은 유령처럼
방랑하는 소년의 하얀 잠옷을 부풀리고
그 입 속으로 죽은 여인의 손을 살며시
집어넣는다. 소녀는 곱고 부드럽게 미소를 짓는다.

소냐[96]

Sonja, 1913

오래된 정원에 저녁이 돌아오면;
소냐의 인생은 푸른 고요 속,
야생철새의 여로旅路이다
가을 적요 속 헐벗은 나무이다

해바라기여, 소냐의 하얀 인생 위에
살며시 고개를 숙였구나.
상처여, 빨간, 한 번도 보여준 적 없는 상처여
음산한 방들에서 살게 하라.

푸른 종鐘이 울리는 곳;
부드러운 적요 속 소냐의 발걸음소리
죽어가는 짐승이 사그라지며 인사를 하네,
가을 적요 속 헐벗은 나무여.

---

96 소냐 Sonja: 도스도엡스키이 『죄와 벌 Schuld und Suehne』속에 나오는 여 주인공 이름.
주인공 라스쿨니코프의 전당포 여주인의 살해의 완전범죄를 자수하고 벌을 받도록 설
득하는 창녀출신의 여 주인공 소냐는 라스쿨니코프를 유배지 시베리아까지 따라가 혹
한 속에 같이 고통을 받으며 그의 참회를 돕는다.

예전 그날의 태양은
소녀의 하얀 눈썹위로 비춰주고
눈이, 그녀의 빰을 촉촉이 적셔주는구나,
그녀의 뒤엉켜 흐트러진 두 눈썹을.

고독한 자의 가을

Der Herbst des Einsamen, 1913

거뭇한 가을이 풍성한 열매와 풍요를 품고,
아름다웠던 여름날의 누렇게 퇴색한 광휘에로 돌아온다.
떨어져나간 껍질에서 순결한 파랑이 삐져나오니
철새의 비상은 옛 전설을 노래한다.
포도는 이미 착즙을 마쳤으니 평온한 고요가
음울한 물음에 대한 나지막한 답변으로 충만하다.

군데군데 황량한 언덕 위에는 십자가들[97]
붉게 물든 숲속에서는 가축 떼가 길을 잃는다.
연못의 수면경水面鏡 위로 구름이 흘러가고
농부의 편안한 몸짓은 휴식을 취한다.
저녁의 푸른 날개는 건조한 밀짚 지붕과
거뭇한 대지를 가만히 어루만진다.

머잖아 별들이 지친 눈썹 속에 보금자리를 틀리라
서늘한 쪽방에는 고요한 겸허가 돌아오고,

---

97 독일의 농촌 경작지에는 군데군데 십자가를 세워 놓아 농부들이 수시로 기도를 올리는
경건한 풍습이 현재까지도 내려온다.

．

이제 한결 완화된 고통을 겪는 연인들의
푸른 눈에서 천사님들 살며시 나오시리.
헐벗은 버들가지에서 이슬이 까맣게 방울져 떨어지면
갈대는 사각거리고, 뼈다귀 같은 공포가 엄습한다.

가을 혼

Herbstseele, 1913

수렵꾼의 구호와 피에 굶주린 개들의 짖어댐.
십자가와 갈색 언덕 뒤에는
연못의 수면경이 살짝 눈이 멀고
보라매는 날카로운 소리로 낭랑하게 울부짖는다.

수확이 끝난 들판과 오솔길 너머
이미 검은 침묵 한 가닥 조바심이 난다.
나뭇가지 사이로 투명한 하늘 빛,
오직 시냇물만이 조용히 그리고 고요히 흐른다.

머잖아 물고기와 들짐승들은 사라지리라.
음울한 방랑의 푸른 넋이
머잖아 우리를 사랑과 타인들에게서 갈라놓으리라.
저녁이 의미와 형상을 바꾸어놓으리라.

올바른 삶의 빵과 포도주,
신이시여, 당신의 부드러운 두 손안에다
인간은 어두운 종말을 놓아줍니다,
온갖 허물과 붉은 고뇌를.

아프라⁹⁸

Afra, 1913

갈색 머리의 한 아이. 기도와 아멘 소리가
조용히 저녁의 서늘함을 어둡게 하고
아프라는 해바라기의 노란 액자 속에서
빨갛게 미소를 머금고 있다, 불안과 섬뜩한 무더움을.

얼마 전부터 푸른 외투 속에 몸을 가리고
수도사는 교회 유리창에 그녀가 경건하게 그려지는 것을
보았다.⁹⁹
그것은 고통 속에서 여전히 친절하게 인도될 참이었다,
그녀의 별이 영靈이 되어 그 수도사의 혈류를 고루 관류했을 때

가을의 쇠락, 그리고 홀룬더 나무의 침묵.
이마는 강물의 푸른 요동을 어루만지고,
기저귀 한 장이 관 위에 얹혀있다.

---

98 A.D. 304년경 아우구스부르크(Augusburg)에서 화형당한 순교자(여). 전설에 의하면 그녀
는 창녀였다고 한다. 그러나 역사적으로는 다만 순교자로서만 확인되고 있다. 아프라 성녀
를 기리는 제단이 12세기 홀바인(Holbein)에 의해 장식되었으며(Altar von Holbein D.A.)
그녀에 대한 상징물은 나무, 화형대, 불꽃이다.
99 스테인드 글라스를 그리고 있는 장면이 연상된다.

나뭇가지에서는 부패한 열매들이 떨어지고,
철새 떼의 비상은 형언키 어려운데,
죽어가는 이들과의 맞닥뜨림. 이를 음울한 세월이 좇는다.

어느 겨울저녁

Ein Winterabend, 1913

창가에 눈 내리면,
저녁종이 오래 울리면,
많은 이들에게 식탁이 준비되면,
그 집은 훌륭히 갖춰진 집안이지.

많은 이들이 방랑길에서
어두운 오솔길을 걸어 성문으로 다가온다.
대지에서 서늘한 수액을 마신
은총의 나무가 금빛으로 피어나고

고통이 문지방을 돌로 변화시키리라
방랑객은 조용히 안으로 들어오고
정갈한 조명 속에 눈이 부시다,
식탁 위 빵과 포도주.

죽음의 일곱 노래

SIEBENGESANG DES TODES

카를 크라우스[100]

*Karl Kraus*에 바쳐, 1913

진리의 백색 대제사장大祭司長이시여,
신의 냉엄한 숨결이 기거하는 수정 음성이여,
분노한 마술사여,
그를 향해 불타는 외투 아래 병사들의 푸른 갑옷이 쩔그럭거린다.

---

100 Karl Kraus(1874~1936) 비인 출신으로 표현주의 문단에서 유명했던 문학비평가.
트라클과는 별 친교가 없었으나 그의 만년 작품에 매료되었고 사후 그의 작품의 출판
에 많은 기여를 하였다.

침묵을 강요당한 이들에게

An die Verstummten, 1913

오오, 대도시의 광기여, 거기 저녁녘
검은 담장 가 기형의 나무들이 경직되어 응시하는 곳,
은빛 가면 밖으로 악령이 내다보는 곳,
빛이 자석 채찍으로 바위 같은 밤을 몰아냈지.
오오, 저녁종소리마저 침몰해버린 듯.

얼음 같은 공포 속에 아기를 사산死産하는 창녀여.
신의 격노가 미친 사람의 이마를 난폭하게 채찍질한다,
자홍빛 역병과, 녹색 눈들을 으깨버리는 굶주림.
오오, 황금의 소름끼치는 웃음소리.

그러나 어두운 동굴 속에서 오히려 더욱 더[101] 침묵하는
                인간성이 조용히 출혈을 한다,
단단한 쇠붙이를 가지고 구원받은 이의 두개골을
                이어 맞춰놓는다.

---

101 묵묵히, 침묵하는,("stummere", stumm") 등의 의미로 비교급, 최상급으로 쓸 수 없음에
도 시인은 인류 혹은 인간성(Menschheit)의 "침묵"에 이렇게 주의를 환기시키고 있다.

아니프 성城[102]

Anif, 1913

추억이여, 갈매기들이여, 사나이의 수심어린
                   어두운 하늘 너머로
미끄러져 사라져가는.
조용히 가을 물푸레나무 그늘 속, 너
절묘하게 어울리는 구릉지에 묻혀 칩거하고 있구나.

너 언제나 녹색 강물을 따라 내려간다,
저녁이 되면,
사랑이 노래하고, 평화로이 어두운 들짐승과 맞닥뜨린다.

어느 장밋빛 인간. 파르스름한 예감에 취해
이마는 사위어가는 나뭇잎에 가 닿고
어머니의 진지한 모습을 생각한다.
오오, 어찌 이리 모든 것이 어둠속으로 가라앉는가.

근엄한 방들과 선조들의
해묵은 집기들.

---

102 잘쯔부르크 인근의 성(城) 이름.

이런 것이 낯선 객의 가슴에 파문을 일으킨다.
오오, 너희들의 징표와 성좌들이여.

태어난 자의 죄는 막대하다.
　　　　아 슬프구나, 너희들 황금빛 공포여
　　　　죽음이여,
영혼이 한결 더 서늘한 꽃 피어남을 꿈꾸고 있으니.

앙상한 가지 속에서 밤새[鳥]는 달[月]의 걸음새에 대해
끊임없이 울부짖고,
얼음 바람이 마을의 성벽 가에서 윙윙거린다.

어느 요절한 이에게

An einen Frühverstorbenen, 1913

오오, 검은 천사여,

　　　　나무의 수심樹心에서 살며시 걸어 나왔지,

저녁녘 파르스름한 분수 가에서

우리가 은은하게 연주하고 있을 때였다.

　　　　우리들의 발걸음, 가을의 갈색의 서늘함 속

둥근 두 눈은 침착하였지,

오오, 별들의 자홍빛 감미로움이여.

그이는 그러나 몽크봉의 돌계단들을 내려갔지

그 얼굴에 어린 파란 미소와 그리고 한결 더 조용했던

유년시절이 야릇하게도 고치로 탈바꿈하더니

　　　　들어가 죽어버렸지.

정원 안에는 놀이동무의 은빛 얼굴이

　　　　　뒤쳐져 남아있었지,

나뭇잎 속에서 혹은 해묵은 암석 속에 잠복하여 엿들으며.

혼령은 죽음을, 녹색으로 썩어가는 육신을 노래하였다,

그것은 숲의 웅성거림이었고,

들짐승의 격렬한 울부짖음이었다.

황혼이 물드는 첨탑에서는 푸른 저녁종소리가
　　　　　　끊임없이 울렸지.

시간은 왔다, 그이가 진홍의 태양 속에서
　　　　　　그 그림자를 보았던,
앙상한 가지 속 부패의 그림자를.
저녁녘, 황혼이 깃드는 성벽 가에서 지빠귀가 노래를 부르자
일찍 요절한 이의 유령이 조용히
　　　　　　방안에 나타났다.
오오, 선혈이여, 지저귀는 새의 목구멍에서 흐르는 선혈이여,
푸른 꽃이여, 오 불꽃 튀는 눈물이여
밤을 지새워 흘리고 또 흘렸던 눈물이여.

황금빛 구름과 시간. 쓸쓸한 쪽방에서
불현듯 너 죽은 자들을 손님으로 초대하여,
느릅나무 아래 친밀한 대화를 나누며 녹색 강물 따라
　　　　　　내려가며 발길을 옮긴다.

거룩한 마음의 황혼

Geistliche Dämmerung, 1913

조용히 숲 기슭에서 맞닥뜨린다,
어두운 들짐승 한 마리를,
언덕에서는 저녁바람이 잔잔히 잦아든다.

지빠귀는 홀연 탄식을 그치고,
가을의 은은한 피리소리
갈대 속에서 침묵한다.

검은 구름 위에서
양귀비에 취해 배를 타고 간다,
밤의 연못을,

별빛 흐드러지게 뿌려진 하늘을.
누이의 달 같은[103] 음성이 끊임없이 울린다
거룩한 마음의 밤을 관류하며.

---

103 누이의 '달 같은' 음성 der Schwester 'mondne' Stimme: '달 같은 mondne'이라는 어휘는
누이동생을 환기하면서 자주 사용하는 부가어이다.

탄생

Geburt, 1913

산봉우리들, 검은 산봉우리, 침묵하는 산, 그리고 눈[雪].
수렵꾼들이 숲에서 빨갛게 하산을 한다,
오오, 들짐승의 이끼 낀 눈길이여.[104]

조용한 산모의 침착함, 검은 전나무 아래
잠이 든 두 손이 벌어진다,
싸늘한 달이 쇠잔하여 떠오르면.

오오, 인간의 탄생이여. 한 밤중
푸른 물이 바위 바닥에서 좔좔 소리를 내고,
타락한 천사가 탄식을 하며 인간의 형상을 알아본다,

어느 창백한 것이 후덥지근한 쪽방에서 깨어난다.
두 개의 달
돌멩이 같은 노파의 두 눈이 반짝인다.

---

[104] '들짐승'의 이끼 낀 눈길 die moosigen Blicje des Wilds: '들짐승"이 의인화되어 있음에
주목할 것. 종종 숨어 있는 시적 자아이곤 하다.

아 가엾어라, 산모들의 울부짖음. 밤은 검은 날개로
소년의 관자놀이를 어루만져주고,
눈은 자홍빛 구름에서 포근히 내려앉는다.

서양西洋의 노래

Abendländisches Lied, 1913

오 영혼의 밤 날갯짓이여,
양치기인 우리는 언젠가 땅거미가 지는 숲가로 갔네
붉은 들짐승, 녹색 꽃
그리고 졸졸거리는 샘물이 따라왔지
아주 경건하게. 오오, 귀뚜라미의 태곳적 소리,
돌 제단에서 선혈을 꽃피우며 녹색
고요한 늪 너머
외로운 새의 울부짖음.

오오, 너희들 성전聖戰의 십자군단들이여, 지글지글 불타는
육신의 고문拷問이여, 저녁 정원에 떨어지는 자홍색
과일들의 낙과落果여,
　　　　얼마 전 경건한 젊은이들이 지나갔던 곳,
이제는 병사들일 그들, 상처들과 별에 대한 꿈에서 깨어나며.
오오, 밤의 부드러운 수레국화[105]다발이여.

오오, 너희 적요와 황금빛 가을의 시간이여,

---

105 Zyanen bündel.

우리 평온한 수도사들은 자홍색 포도송이의 착즙을 마쳤지,
온 사위에는
구릉들과 숲들이 반짝였었네.

오오, 너희 수렵꾼들과 성곽들이여, 저녁의 안식이여,
인간은 그때 방에서 정의로움에 대해 생각하였네,
신의 살아있는 머리를 쟁취하려는 말없는 기도 속에서.

오오, 파멸의 쓰디쓴 시간이여,
우리는 돌로 된 얼굴 하나를
                    검은 물속에서 주시하네.
그러나 연인들은 은빛 눈꺼풀을 빛을 뿜으며 치켜뜨네.
단 한 번의 성性. 향연香煙이 장밋빛 베게에서 피어오르고
부활한 이들의 감미로운 노랫소리 울리네.

죽음의 일곱 노래

Siebengesang des Todes, 1914년

땅거미가 파르스름하게 지는 봄철.
수액을 빨아 마시는 나무들 아래
뭔가 어두운 것이 저녁과 침몰 속에 방랑하네,
지빠귀의 부드러운 비탄 소리 엿들으며.
밤이 말없이 나타나고, 선혈 낭자한 들짐승 한 마리,
구릉 기슭에서 서서히 쓰러져 가네.
눅눅한 대기 속 만개한 사과나무 가지들이 한들거리고,
서로 얽힌 것이 은빛으로 풀어지네,
밤의 눈에서 나와 죽어가면서. 떨어져 내리는 별들,
유년의 잔잔한 노래 소리.

잠든 자 유령처럼 한층 더 으스스하게
검은 숲을 내려갔네,
땅바닥에서는 파란 샘물이 졸졸 거리니,
그이는 살며시 창백한 눈꺼풀을
눈처럼 하얀 저의 얼굴 위로 치켜떴네.

달이 붉은 짐승을 동굴 밖으로
몰아내자

아낙네들의 어두운 비탄소리 한숨 속에서 잦아들었네.

그 하얀 낯선 나그네는
더욱 더 광휘를 뿜으며 제 별을 향해 두 손을 뻗었네.
묵묵히 시체 하나가 그 퇴락한 집을 나서네.

오 인간의 부패한 형체여, 싸늘한
쇠붙이로 이어 맞추었던,
침몰한 숲들의 밤이여 공포여
짐승의 타는 듯한 야성이여,
영혼의 무풍의 고요함이여.

거무스름한 거룻배를 타고 그이는
은결 반짝이는 강물을 내려갔네,
자홍빛 별들 흩뿌려진 밤, 파릇파릇 녹색으로 물든 나뭇가지
평화로이 그이의 머리 위로 드리워졌네,
은빛 구름으로 이루어진 양귀비.[106]

---

[106] 모르핀(양귀비)에 의존해야 하는 성황을 시사한다.

방랑자

Der Wanderer, 1913

구릉 가에는 언제나 하얀 밤이 기대어 있고,
은빛 음향 속에 포플러들이 치솟아 늘어선 곳,
하늘 가득 별들이 뿌려진 자갈밭

좁다란 오르막길은 잠에 겨워 쏟아지는 급류 넘어
둥그런 아취를 그리고,
사멸해간 얼굴 하나 소년을 좇는다,
장밋빛 심연 속에는 낫 모양의 초승달

멀리 찬양하는 목동들[107]. 해묵은 바위 속에서
두꺼비들이 수정 눈으로 내다본다,
꽃피는 바람이 깨어나고,
         시체 같은 자의 새소리와
발걸음 소리 숲속에서 나직이 신록新綠으로 푸르러진다.

이런 것이 나무와 짐승을 상기시켜준다.

---

107 찬양하는 목동들(preisende Hirten) : 예수 아기의 탄생에 맞춰 동방의 세 분의 왕을 인
도하기 위해 뜬 커다란 별을 보며, 천사들의 예수 탄생에 대한 소식을 들으며 구세주의
탄생을 자발적으로 찬양했던 목동들을 연상케 한다.

이끼더께의 완만한 오르막 층들을.
그리고 달은,
달은 반짝이면서 슬픈 강물 속으로 가라앉는다.

그이는 다시 돌아와 녹음 짙은 해변 가에서 거닐고,
자그마한 검은 곤돌라 위에서 흔들리며
　　　　　　쇠락한 도시를 두루 누빈다.

변용 變容

Verklärung, 1913

저녁이 되면,
파란 얼굴 하나 조용히 너를 떠난다.
타마린드나무[108]에서 작은 새 한 마리 지저귄다.

부드러운 수도사 하나
마비된 양 손을 모아 잡는다.
불현듯 하얀 천사 한 분 마리아를 방문한다.

바이올렛 꽃과 이삭, 그리고 자홍색 포도송이로 엮은
밤의 화환이
관조자의 한 해(年)이다.[109]

내 발치께에서는
망자들의 묘혈이 열린다,
너의 이마를 그 은빛 손안에다 묻었을 때.

---

108 Tancarind: 콩 과에 속하는 상록식물로서 열매는 청량음료의 재료로 쓰임.
109 바이올렛은 봄을, 이삭은 7,8월에 수확하는 밀 보리의 이삭으러 여름을, 포도송이는
가을을 상징하면서 죽음의 계절인 겨울을 **빼고** 한 해를 노래하고 있다.

제2부 ZweiterTeil | 185

너의 입가에는 가을 달이
조용히 깃들어 있다
양귀비 즙에 취한 음울한 노래가.

누렇게 퇴색한 바위 속에서 나직이 울리는
파란 꽃.[110]

---

110 노발리스(Novalis)를 사랑했던 시인이 노발리스처럼 양귀비에 취하여 그의 대표작, 파
란꽃(Die Blaue Blume)을 환기하고 있다.

태양

Die Sonne, 1913

능선 너머 노란 태양이 날마다 찾아온다.
아름다워라, 숲이, 어두운 짐승이,
인간이, 수렵꾼이든 양치기이든.

녹색 연못에서는 물고기가 빨갛게 솟아오르고.
둥그런 하늘 아래
어부는 조용히 파란 거룻배를 타고 간다.

포도송이들, 낟알들 서서히 익어가고.
한낮이 조용히 기울면,
좋은 것, 고약한 것이 채비를 갖춘다.

밤이 되면,
나그네는 무거운 눈꺼풀을 조용히 치켜뜬다.
태양이 칠흑의 심연에서 몸을 드러낸다.

격정激情

Passion, 1914년

오르페우스가 어느 죽은 이[111]를 애도하며
저녁 정원에서 은빛으로 현금[112]琴瑟을 뜯으면,
그대 누구인가, 우람한 나무 아래 휴식을 취하는 이여?
가을 갈대의 비탄 소리 사각거리고
푸른 늪은,
녹색으로 물드는 나무들 아래 사멸해 가며
누이의 그림자를 좇는,
격정의 성性이여
음울한 사랑이여,
그에게서는 한낮이 황금수레[113]를 타고 요란스레 떠나갔다.
이제 고요한 밤이다.

칠흑의 전나무 아래

---

111 그리스 신화에서 오르페우스의 아내 에우리디케가 죽자 너무도 슬퍼하는 오르페우스에게 하계의 신 헤르메스는 하계(下界)에 가서 에우리디케를 데리고 나오되 절대로 뒤돌아보아서는 안 된다는 약속을 하게 한다. 그러나 오르페우스는 조바심이 나 참지 못하고 뒤를 돌아봄으로써 에우리디케가 그 자리에서 돌로 변해버리고 결국 아내를 영원히 잃고 만다는 슬픈 이야기 속의 에우리디케를 가리킨다.
112 원래 그리스 신화 속에서는 칠현금(Leier)으로 되어 있으나, 여기서는 류트(Laute)로 나왔지만 그대로 칠현금 (Lyra)으로 옮긴다.
113 태양이 지는 모양

두 마리 이리가 돌 같은 포옹 속에
서로 피를 섞었지. 한 조각 황금빛
구름은 오솔길 너머에서 소실되고 말았다,
인내를, 유년시절의 침묵을 상실한 것이었다.
그 부서질 듯 여린 시체[114]는 다시 맞닥뜨린다,
트리톤[115] 늪가에서
비몽사몽 중에 제 히야신스 같은 머리칼을 깔고서.
그리하여 종내 그 서늘한 머리는 으스러질듯 하였지!

그럴 것이, 푸른 들짐승[116] 한 마리 계속 따라오기 때문에,
황혼이 깃드는 나무 아래 눈여겨 살피는 어떤 것이,
제법 더 어두워진 이 오솔길을
감시하면서 밤의 화음에, 부드러운 광기에
마음이 동요된 채로.

---

114 남편 오르페우스가 자신을 만나러 온 것도 모르는, 이미 죽어간 에우리디케의 시신을
가리킨다.
115 희랍신화에서 바다의 신 포세이돈의 아들로 반인반어(半人半漁)의 몸을 가졌다.
116 푸른 들짐승(ein blaues Wild) : 트라클의 시에 자주 나오는 모티프 중 하나로 시인을 대
리하는 상이다. 외로운 이(der Einsame, ein Fremdling) 등과 함께. 그러나 여기서는 죽
어간 아내 에우리케를 만나기 위해 앞장서 가는 오르페우스이다.

아니면 어두운 황홀감으로 가득한
현금 탄주가 석조의 도시에서
속죄하는 여인의 서늘한 발치에로
울리기 때문인가.

사악한 자의 변용變容 [117]

Verwandlung des Bösen

가을: 숲 기슭에 울리는 검은 발걸음 소리 묵묵히 거행된 소리 없는 파괴의 몇 분. 앙상한 나무 아래 나병환자의 이마가 귀 모아 엿듣는다. 오래전 지나간 저녁이 층층이 난 이끼 덮게 위로 가라앉는다. 11월이다. 종소리 한가닥 울리고 양치기는 검은 말과 붉은 말의 무리를 마을로 이끌어온다. 개암나무 관목 아래에서 녹색의 수렵꾼은 들짐승의 내장을 끄집어낸다. 그의 피투성이 양손에서는 연기가 피어오르고 그 짐승의 그림자 사내의 두 눈 너머 나뭇잎 속에서 깊이 탄식을 한다, 묵묵히 갈색으로, 숲이다. 기분전환을 하던 까마귀들, 모두 세 마리. 놈들의 날갯짓은 불협화음 투성이에 남성적인 우수가 깃든 소나타 한 곡을 닮았다. 조용히 황금빛 구름 한 점이 퍼져 나간다. 방앗간 옆에서는 사내아이들이 불을 지르고. 불꽃은 가장 창백한 형제이니, 방화한 그 사내아이는 제 자줏빛 머리칼에 파묻혀 폭소를 한다, 아니면 그곳은 자갈밭 길이 나 있는 살인 현장이거나, 매자나무 관목은 사라지고 소나무 아래에서 납 같은 대기를 숨 쉬며 한 해 내내 꿈을 꾼다. 공포, 녹색의 어두움, 어느 물에 빠져 죽어가는 사람의 콜록대는 소리. 별 총총히 비치는 늪에서 어부는 거대한, 시커먼 물고기를 끌어당긴다, 그 흉측하기 짝이 없

---

117 유고시

는 광기로 가득 찬 얼굴이라니. 갈대의 목소리[118], 다툼질하는 사내들 뒤쪽에서는 어름처럼 시린 가을 강물 위에 빨간 거룻배 한 척 위에서 그자는 시소를 탄다[119]. 저네들 족속의 음울한 전설 속에 살아가면서 두 눈은 밤들로 인해 돌멩이가 되었더니 숫처녀에 놀라 눈을 떴구나. 과연 사악한 자로군.

무엇이 너를 조상들의 집 퇴락한 계단 위에 꼼짝 않고 서 있게 강요하는가? 그 무엇이 너를 은빛 손으로 두 눈에로 쳐들어 올리는가. 눈시울을 양귀비에 취한 듯 내리깔게 하는가? 그러나 너 돌담 틈새로 별들이 흩뿌려진 하늘을 본다, 은하수며, 토성을. 붉었지. 돌담에다 앙상한 나무가 미친 듯이 두드린다. 쇠락한 계단 위에 서 있는 너. 나무여, 별이여, 바위여! 너, 조용히 떨고 있는 한 마리 푸른 짐승이여, 그대의 검은 제단에서 그 짐승을 도살屠殺해버린 창백한 제사장이여, 오 어둠 속 그대의 미소여, 한 아이가 잠속에서 창백해지자 슬프고 분노하였지. 한 가닥 시뻘건 불꽃이 그대의 손에서 치솟아 오르자 밤 나방이 한 마리 그 속에서 불타버렸지. 오 빛의 피리여, 오 죽음의 피리여. 그 무엇이 조상들의 집 쇠락한 계단위에 너를 말없이 서있게 강요했던가? 저 아래 대문가에서는 천사 한 분 수정 손가락으로 대문을 두드리는데.

오오 수면睡眠이라는 지옥이여. 어두운 골목길, 갈색의 자그

---

118 갈대의 목소리: die Stimme des Rohrs
119 배가 흔들리는 모양을 이렇게 표현하였다.

마한 정원. 푸른 저녁녘 시체들의 형체가 나지막이 소리를 울린다. 녹색의 자잘한 꽃들이 그들 시체 주위를 날아다니고 그 형체는 꽃들의 얼굴을 떠났었지. 혹은 창백하여져 집안 마루의 어둠속에서 그 살인자의 싸늘한 이마 위로 몸을 숙였지. 숭배였다. 욕정의 진홍빛 불꽃이여 ; 잠이 든 자는 죽어가면서 시커먼 계단 위에서 어둠속으로 곤두박질로 떨어졌지.

누군가가 너를 교차로에다 버리고 갔기에 너 오래도록 뒤를 돌아본다. 기형으로 일그러진 자그마한 사과나무 그림자 속에 은빛 걸음소리. 열매는 검은 가지 속에서 진홍빛으로 빛나고 잔디 속에서는 뱀이 허물을 벗는 중이었다. 오오! 그 어두움. 얼음처럼 싸늘한 이마에 맺히는 땀방울이여, 포도주 속의 슬픈 꿈이여, 마을 선술집 안 시커멓게 그을린 대들보 아래에서. 너, 여전히 야생으로, 누런 담배연기에 마법에 걸린, 그리고 한번 손아귀에 사나운 절규의 내면에서 얻어온 장밋빛 섬들이여, 이제 그 누군가가 바다 속, 폭풍우와 빙산 속 시커먼 암초 주위에서 쫓아올 때. 너, 녹색의 금속이여 속안에는 떠나고 싶어 하는 불타는 얼굴이여, 칠흑의 세월 산더미처럼 쌓인 사아象牙 무더기[120]에 대해, 천사의 불타는 추락에 대해 노래를 부른다. 오오! 소리 없는 절규와 함께 무릎을 꿇는 절망이여.

어느 죽은 자가 너를 방문한다. 심장에서는 스스로 흘리는

---

[120] 아프리카 등 정글에는 코끼리들이 집단으로 죽어가는 비밀의 골짜기가 있어 그곳엔 상아가 산더미처럼 쌓여있다고 한다.

선혈이 줄줄 흐르고 검은 눈썹 속에는 말할 수 없는 찰나가 보금자리를 튼다. 어두운 조우였지. 너 - 자홍빛 달이여, 저기 그분은 올리브나무의 녹색 그림자 속에 나타나신다. 불멸의 밤이 그분을 따른다.

편서풍

Föhn, 1914

바람이 부는데 눈먼 비탄소리, 달빛어린 겨울의 나날들,
유년시절, 발걸음 소리 검은 울타리에서
                나직이 잦아들고,
길게 울리는 저녁종소리.
하얀 밤이 조용히 옮겨와,

자홍색 꿈속에서 돌 같은 인생의
통증과 고문으로 탈바꿈하니,
썩어가는 몸뚱이를 까슬까슬한 가시가 한사코
                놔주질 않는구나.

불안한 영혼이 잠속에서 깊이 탄식하고,
어머니의 비탄하는 모습이
이 말없는 비감의
쓸쓸한 숲을 두루 누비며 비틀거린다. 밤들이여,

눈물과 불길 같은 천사들로 채워졌구나.
황폐한 담장 가에는 한 어리아이의 유해遺骸가
                은빛으로 바스러진다.

어둠속에서

Im Dunkel, 1914

영혼이 파란[121] 봄을 침묵시킨다.
습기 찬 저녁 나뭇가지 아래
이마는 경련을 일으키며 연인들에게로 침몰하였지.

오 녹색으로 물들어가는 십자가여. 음울한 대화 속에서
남편과 아내는 서로를 알아보았다.
황폐한 성벽 가에서
고독한 자가 제 성좌들과 함께 방랑한다.

달빛 비치는 숲속 길 너머로
망각했던 사냥터
잡목 덤불이 침몰하였지, 쇠락한 암석에서
파르스름한 것의 섬광이 모습을 드러낸다.

---

121 영혼이 파란 봄 ; blue Frühling. 봄이면 보통 "녹색"이 지배하는 계절이지만 여기는 녹
색 "grüne"가 아니라 파란"blue"이라고 명시적으로 쓰고 있음에 유의할 것

영혼의 봄

Frühling der Seele, 1914년

잠결에 울부짖는 신음소리,
시커먼 골목길마다 바람이 곤두박질로 내리닫는다,
봄의 파란 빛이 부러지는 가지 사이로 눈짓을 하고,
자홍빛 밤이슬이, 온 주위 별들이 사위어 간다.
강물은 푸르죽죽 흐릿하게[122] 물이 들고, 오래된 가로수 길과
도회의 탑들은 은빛으로 저물어간다. 오 미끄러져가는 거룻배 안
부드러운 도취여, 조촐한 정원마다
지빠귀의 어두운 울부짖음. 장밋빛 만개한 꽃들이
                이미 듬성듬성하다.

강물은 장려하게 요란하게 흐르고,
                오오 초원의 습기 찬 그림자들,

포효하는 짐승, 녹색으로 물드는 꽃핀 가지가
수정 이마를 어루만지고, 은결 반짝이는, 흔들리는 거룻배.
능선에 걸린 장밋빛 뭉게구름 속 태양이 조용히 울린다.
전나무 숲의 적요는 거대하다,

---

122 gruenlich: 선명하지 않은 녹색을 띤.

강물에 맞닿은 엄숙한
그림자는.

정결함이여! 정결함이여! 공포스런 죽음의 오솔길은
어디에 있는가, 잿빛 바위 같은 침묵은, 밤의 바위들은,
그리고 평온을 모르는 그림자는?
                눈부신 태양의 심연이여.

누이여, 벌목하여 쓸쓸한 숲속 공터에서 너를 보았다
때는 정오, 짐승의 침묵은 거대하였지,
무성한 떡갈나무 아래 너 하얀 여인, 가시나무는 은빛으로
                꽃을 피웠지.
막강한 죽음 그리고 심장 속 노래하는 불꽃.

한결 더 어둡게 강물은 물고기들의 멋진 유희를
                휘감아 흐른다.
애도의 시간이여, 태양을 향한 말없는 우러러봄이여,
영혼이란 대지위에서는 지극히 낯설어.
                성스럽게 어스름히 저물어간다

푸른 것이 벌목한 숲 위로. 마을에서는,
어두운 종소리, 평화로운 안내자가 오래 울린다,
죽은 자의 하얀 눈시울 위로 미르테 꽃[123]이 조용히 피어난다.

저물어가는 하오下午, 물소리 나직하고
강가에는 잡초덤불이 더욱 더 짙게 녹음으로 변해간다, 장밋빛
바람 속의 환희여,
저녁 언덕에 울리는 수도사의 부드러운 노랫소리.

---

123 Myrthe: 도금양, 순결의 상징. 지중해 연안과 아시아 일부에서 서식하며 크지 않은 꽃
을 피운다. 옛 유대지방에서 신부의 머리에 쓰는 화환을 만들어 썼는데 순결과 성스러
움의 나무, 꽃으로 사랑받았다. 기독교, 특히 가톨릭 교회에서는 새 신부의 화환을 만
드는 것을 금지한다고 함.

겨울밤

Winternacht, 1913

눈이 내렸다. 자정이 지난 뒤 너 자홍빛 포도주에 취해
인간들의 어두운 영역을 떠난다, 그들 아궁이의 빨간 불꽃을.
오오 그 칠흑의 어두움이라니!

검은 서리(霜). 대지는 견고하고, 대기는 쓰디쓴 맛이 난다.
너의 별들은 사악한 징표에로 완결된다.

돌이 된 걸음걸이로 너 철둑 가를 발을 구르며 간다,
둥근 눈을 한, 컴컴한 보루를 습격하는 어느 병사처럼.
앞으로 갓!

쓰디 쓴 눈[雪]이여 달이여!

어느 천사가 질식시키는 붉은 이리 한 마리. 너의 두 다리는
걸으며 파란 얼음처럼 삐걱거리고, 비감과 오만으로 가득한
너의 미소는 얼굴을 돌멩이로 굳혀주었지, 이마는 소리의
탐욕 때문에 핼쑥해졌다. 아니면
이마는 말없이 너의 목조 오두막 속에서
쓰러져 간 어느 보초병의 단잠 위로 기울인다.

서리와 연기. 하얀 별 내의內衣가 입혀져 있는
어깨를 태워버리고 신의 독수리들은 갈가리 찢어발긴다,
너의 금속 심장을.
오오 돌무더기 언덕이여. 서늘한 몸뚱이는 은빛 눈 속에서
조용히 녹아내려 잊혀져간다.
수면睡眠은 시커멓고. 귀는 얼음 속에서 별들이 다니는 오솔길을
마냥 좇는다.
오래 깨어나니 마을에서는 종이 울렸지. 동쪽 성문에서 장밋빛
하루가[124] 은빛으로 떠올랐다.

---

124 Der Tag: 태양을 가리킴

제3부

s bleichen Masken schaut der Geist des Bösen.
 Platz verdämmert grauenvoll und düster;
 Abend regt auf Inseln sich Geflüster.

꿈과 정신착란

Traum und Umnachtung

꿈과 정신착란

아버지는 저녁이면 백발노인이 되곤 하셨다. 여기저기 어두운 방에서는 어머니의 얼굴이 돌로 굳어졌고 소년에게는 타락한 성性의 저주라는 짐이 지워졌다. 불현듯 소년은 제 유년시절을, 질병과 공포와 암흑으로 가득한 그 시절을 기억해 내었다. 그리고 별 총총했던 정원에서 즐기던, 이제는 침묵해버린 놀이들, 혹은 어스름한 뜰에서 시궁쥐들에게 먹이를 주던 일 따위를 기억해 내었다. 파란 거울에서는 가녀린 누이의 형체가 걸어 나왔고 소년은 죽은 듯이 어둠 속으로 쓰러졌다. 밤이면 그의 입은 빨간 과일처럼 갈라졌고 별들은 소년의 말없는 비감 위에서 반짝였다. 소년의 꿈들은 조상들의 옛집을 가득 채웠지. 저녁이면 소년은 퇴락한 묘지 위쪽으로 곧잘 가보곤 하였다. 아니면 황혼이 깃드는 납골당에서 고운 손등에 부패의 녹색 얼룩이 져있는 시체들을 살펴보기도 하였다. 수도원 쪽문에서 빵 한 조각을 청했고, 까마귀의 그림자가 암흑 속에서 튀어 오르면 기겁을 하였다. 싸늘한 잠자리에 누워있노라면 말할 수 없는 눈물이 엄습해 왔다. 그러나 소년의 이마에 손을 얹어 줄 사람은 아무도 없었다. 가을이 오면, 소년은, 천리안인 그는, 누런 목초지로 갔다. 오오, 그리도 격렬히 황홀했던 시절이여, 녹색 강가에서의 저녁들이여, 수렵들이여. 오오, 누렇게 바랜 갈대들의 노래를 나직이 불렀던 영혼이여, 불타는 경건함이여. 소년은 조용히 그리고 오래 두꺼비들의 별 같은 눈들을 들여다보았고, 공포에 사로잡힌 두 손으로 해묵은 바위의 냉기를 감촉하였으며 파란 샘물의 신성한 전설을 이야기하였다. 오오, 은빛 물고기와 과일들, 그것들은 뒤틀어진 기형의 나무에서 떨어졌었지. 자신의 발걸음 소리가 내는 화음은 자부심과 한편 인간에 대한 경멸로 그를 채워주었다. 귀로에는 인적이 끊긴 성채城砦를 맞닥뜨리기도 하였다. 그 정원에는 타락한 제신들이 살고 있었지, 저녁이면 구슬피 울면서. 그러나 그에게는 '내가 여기서 잊어버린 세월을 살았었는데'라는 생각이 들었다. 오르간연주가 신성한 전율과 함께 그를 엄습해 왔다. 소년은 그러나 음침한 동굴 속에서 나날을 보냈고, 속이고 훔쳤으며 은폐하였다, 불타는 이리인 소년, 어머니의 하얀 모습 앞에서였다. 오오, 돌멩이가 되어버린 입을 하고서 별의 정원 속에 침몰해 갔던 시간이여, 살인자의 그림자가 소년 위로 덮쳐왔지. 자줏빛 이마를 하고 소년은 늪 속으로 들어갔고 신의 분노가 소년의 금속 어깨를 바로 잡아주었다. 오오, 폭풍우 속의 자작나무여, 광기로 컴컴한 제 오솔길을 피했던 어두운 짐승이여. 증오가 그 짐승의 심장을, 정욕을 불태웠다. 그럴 것이, 녹음이 짙어오는 여름 정원에서 잠잠히 말이 없던 그 아이를 그 자신이 강제로 범했던 것이다.[125] 그 눈부신

---

125 그 아이 das Kind : 막내 누이동생 마르가레테를 가리키며 근친상간이 이루어졌던 순간을 격한 자책감으로 환기喚起 하고 있다.

것에서 제 광기에 찬 모습을 알아보았기 때문이었다. 오호 가여워라, 그 저녁 창가에서, 거기 자홍색 꽃무리에서 소름끼치는 유골이, 죽음이 걸어 나왔지. 오오, 너희들 탑들이여 종들이여, 그리고 밤의 그림자들이 바위가 되어 소년 위로 떨어져 내렸지.

　아무도 소년을 사랑해주지 않았다. 그의 두뇌는 황혼이 깃드는 방안에서 거짓과 불손을 불태웠지. 한 부인네의 옷자락이 내는 사각거리는 소리가 소년을 기둥처럼 경직시켰고 현관에는 어머니의 밤 모습이 서있었다. 그의 머리에로 사악한 자[126]의 그림자가 몸을 일으켰다. 오오, 너희들 밤들이여, 별들이여. 저녁녘 소년은 그 불구자[127]와 함께 산으로 올라갔다. 얼음 깔린 산마루에는 저녁노을의 장밋빛 광채가 펼쳐져 있었고 그의 가슴은 황혼 속에서 나직이 진동하였다. 폭풍우 같은 전나무들은 무겁게 침몰하였고 붉은 수렵꾼이 숲에서 걸어 나왔다. 밤이 되자, 소년의 투명한 심장은 수정처럼 산산이 부서졌고 암흑이 이마를 갈겨댔다. 앙상한 너도밤나무 아래에서 소년은 얼음 같은 손으로 야생 고양이를 짓눌러 질식시켰다. 오른쪽에서는 비탄하며 천사의 하얀 형체 하나다 나타났으며 어둠 속에서 어느 불구자의 그림자가 자라났다. 그는 그러나 돌멩이를 주워들고 그 불구자에게로 냅다 던졌다. 그러자 그 불구자는 통곡을 하며 도망가 버렸고, 탄식하며 천사님의 부드러운 모습이 나무 그림자

---

126 악한, 악인,(der Böse) : 트라클의 시에 자주 나오는 모티프로 죄책감으로 가책을 받는 트라클이 분열된 또 다른 자아(Doppelgaenger)를 "악한"이라고 부른다.
127 사악한 자를 가리키고 있다.

속에서 소멸해 갔다. 소년은 돌투성이 자갈밭에 오래 동안 누워 뭇별들의 황금빛 궁륭을 경탄하며 우러러 보았다. 박쥐들에게 쫓겨 소년은 어둠 속으로 고꾸라지듯 내쳐 달렸지. 숨이 턱에 찬 채로 소년은 피폐한 집안으로 들어섰다. 뜰에서 소년은, 들짐승인 소년은[128], 샘물의 푸른 물을 몸이 시리도록 들이마셨다. 신열에 진저리치며 소년은 얼음처럼 싸늘한 계단 위에 앉아, 죽을 것 같다고, 신을 향해 격분하였지. 오오, 공포의 잿빛 얼굴이여, 둥근 두 눈을 비둘기의 찢어진 목구멍 위로 들어 올렸을 때. 낯선 층계 너머로 휘익 스치며 소년은 한 유태인 소녀와 맞닥뜨렸다. 그녀의 까만 머리칼[129]을 잡아채 그녀에게 키스를 하였다. 적의에 찬 것이 칠흑의 골목을 지나 그를 쫓아왔고 쇠붙이의 쨍그랑대는 소리가 그의 귀를 갈가리 찢었다. 가을의 담장 가를 소년은, 복사服事[130]소년인 그는, 따라갔으며, 조용히 신부님을 따라갔다. 바싹 마른 나무들 아래에서 소년은 도취되어 그 영광스러운 복사복服事服의 주홍색을 호흡하였다. 오오, 태양의 둥근 면이여. 감미로운 고문拷問들은 소년의 살점을 삼켜버렸지. 뻥 뚫려 통로가 나 있는 어느 후미진 가옥에서 선혈 낭자한 자신의 형체가 오물로 뒤범벅이 되어 나타났다. 소년은 한층 더 심오하게 고귀한 석조 구축물을 사랑하였다, 지옥의 요

---

128 '들짐승'(*ein wildes Tier*): 시적 자아이다. 많은 경우 "ein Wild", "das Wild" "ein blaues Wild"라고도 나오다.

129 중부 및 북유럽인들의 머리색깔은 대부분 금발 내지 갈색인데 비해, 유대인 등 지중해인 지역 사람들의 머리색깔은 대부분 검다.

130 천주교의 미사시간에 미사의식을 돕는 소년들.

괴들과 함께 밤이면 푸른, 별 흩뿌려진 하늘을 향해 치솟은 탑을 사랑했으며, 인간의 불타는 심장이 간직되어 있는 서늘한 무덤을 사랑하였다. 오 슬퍼라, 그런 것을 밝혀야 하는 말할 수 없는 과오가 슬프구나. 그러나 소년이 불타는 것을 곰곰이 생각하며 헐벗은 나무 아래 가을의 강물을 따라 내려갔을 때, 털로 짠 외투를 입고 맹렬히 불타는 악마가, 누이들이 그에게 나타났다. 깨어나니 그녀들의 머리에는 별빛이 희미하게 바래져 있었다.

오오, 저주받은 성性이여. 얼룩진 방들에서 매 운명이 모조리 수긍될 때면, 곰팡이 피는 걸음걸이로 죽음이 집안으로 들어온다. 오오, 저 바깥에는 봄이었으면, 그리고 꽃무리 만발한 나무속에서 사랑스런 새 한 마리 지저귀어 주었으면. 그러나 밤의 창가에 빈약한 녹색은 잿빛으로 말라가고, 철철 출혈을 하고 있는 심장에서는 사악함에 대해 곰곰 생각해 본다. 오오, 사려 깊은 이의 황혼이 물드는 봄 길이여. 소년을 한층 더 기쁘게 한 것은 꽃무리 만개한 울타리이고, 농부의 어린 종자씨앗, 그리고 신의 부드러운 피조물인 노래하는 새이며, 저녁종과 인간들의 아름다운 공동체이다. 자신의 운명을 잊을 수만 있다면, 그리고 끊임없이 찔러대는 가시들을 잊을 수 있다면, 활짝 펼쳐져 시냇물은 녹색을 띠어가고 소년의 발은 은빛으로 거니는데 말을 하는 나무 한 그루 그의 광기서린 머리 위에서 두런두런 거린다. 이제 소년은 연약한 여윈 손으로 뱀을 들어올린다, 불타는 눈물 속에서 그의 심장은 녹아버렸다. 숲의 침묵은 숭고한데 녹색을 띠어가는 어두움과 이끼 덮인 짐승은, 밤이 되면, 날개를 친다.

오 전율이여, 각자는 자신의 과오를 깨달으며 가시밭길을 간다. 그리하여 소년은 가시덤불 속에서 그 아이[131]의 하얀 형체를 찾아냈다, 신랑의 외투를 향해 피를 흘리는 아이를. 소년은 그러나 강철처럼 뻣뻣한 머리칼에 파묻혀 말없이 그 여아로 인해 괴로워하며 서있었다. 오 눈부신 천사님들이여, 자홍빛 밤바람을 흩뿌려주셨지. 밤새 소년은 수정 굴 속에서 기거했고 이마에는 은빛으로 나병癩病 욕창이 자라났다. 그림자인 그는 가을의 뭇 별 아래 갓길을 따라 내려갔다. 눈이 내렸고 파란 암흑이 집안을 가득 채웠다. 맹인 하나가 아버지의 강인한 음성을 울렸고 공포를 불러냈다. 가엾구나, 허리 굽힌 아낙들의 출현이. 뻣뻣이 굳어버린 두 손 아래 과일들과 집기들이 경악한 아낙네의 무리에게로 떨어졌다, 이리 한 마리가 첫째로 태어난 새끼를 찢어발겼고 누이들은 어두운 정원 뼈마디 앙상한 노인들에게로 도망쳤지. 어느 정신착란을 일으킨 투시透視자가 퇴락한 성벽 가에서 노래를 불렀으며 신의 바람이 그 음성을 집어삼켰다. 오 죽음의 욕정이여. 오 너희들 어두운 성性의 자손들이여. 그 혈통의 사악한 꽃들이 은빛으로 저 관자놀이에서 가물가물 빛나고, 싸늘한 달이 소년의 으스러진 두 눈眼 속에서 아른아른 빛난다. 오오, 밤의 전유물들이여. 오오, 저주받은 것이여.

어두운 독극물 속 비몽사몽이 깊기도 하다, 별들과 어머니의

---

131 소년 자신이 방금 범했던 누이동생을 가리킨다. 이후 트라클은 이 시에서 뿐만 아니라 다른 시에서도 누이를 "아이", "그 아이"라고 호출하곤 한다. 특히 누이에게 헌정한 '누이에게'(*An die Schwester*)에서는 "성금요일의 아이"(*Karfreitagskind*)라고 부른다.

하얀 얼굴로, 돌이 된 그 얼굴로 가득하구나.[132] 죽음은 쓰디쓰 구나, 무거운 죄를 진 자들의 식사. 나무줄기의 갈색 가지 속에서 흙으로 빚은 얼굴들이 비죽비죽 웃으면서 부서져 내렸다. 그러나 그 소년은 자정향나무의 녹색 그늘 속에서 나직이 노래를 불렀다, 악몽에서 깨어났던 것이다. 감미로운 유희의 장미빛 천사 한 분이 소년에게로 다가왔다, 소년이, 유순한 들짐승[133]인 소년이, 밤이 깊어갈수록 내처 잘 수 있도록. 그러곤 소년은 순결함이라는 성좌의 모습을 목격하였다. 해바라기들은 정원 담장 위로 고개를 숙였지, 여름이 왔던 것이다. 오오, 벌들의 근면함이여 호두나무 녹색 나뭇잎들이여, 지나가는 소낙비여. 양귀비도 은빛으로 피어나 녹색 포낭包囊 속에 우리의 밤 꿈들을 품고 있었지. 오오, 아버지가 어둠속으로 외출하시면 집안은 얼마나 적막했던가. 나무에서는 과일들이 진홍빛으로 익어갔고 정원사는 투박하게 굳은 양 손으로 만지고 있었지. 오 눈부신 햇빛 속에 보송한 솜털의 징표들. 그러나 저녁이면 주검의 그림자가 애도하는 가족들 속으로 조용히 걸어 나와 숲의 앞쪽 녹음이 짙어가는 초원 너머로 수정처럼 발걸음 소리를 울렸다. 말없는 자들은 거기 식탁에 모였다. 죽어가는 자가 밀랍 손

---

132 어머니(Mutter): 트라클의 잦은 모티프 중의 하나. 이 시에서도 앞서 어머니가 몇 차례 언급되듯이 특히 유년시절과 연관해서 어머니가 환기되곤 한다. 트라클의 어머니는 자애롭고 다정한 어머니 상과는 거리가 있는, 아이들에게 냉담한 여인이었다. 부유한 부르죠아지 부인네답게 고가의 골동품을 수집한다든가 등 자신의 취미활동에 더 바쁜, 자신의 여섯 남매를 가정교사에게 맡기다시피 하고 자신은 사교활동으로 시간을 보내는 부인이었다. 자식들의 교육과 성장에 더 관심을 가졌더라면 오누이 간의 그 불행한 불미스러운 일도 일어나지 않았을 수 있었을 것이다.

133 유순한 들짐승("ein sanftes Wild"). 앞에서도 언급했듯이 스스로를 들짐승("ein Wild")라고 부르고 있음에 유의할 것.

으로 그들에게 빵을, 피가 철철 흐르는 것을, 쪼개 나누어 주었다[134]. 슬프다, 돌멩이가 되어버린 누이의 두 눈, 식사 때에 그녀의 광기가 오라버니들의 밤 이마 위를 짓밟으며 나타났을 때, 어머니의 고뇌에 찬 두 손 아래에서 빵은 돌멩이가 되어버렸지. 오 부패해 간 자여, 그들은 은빛 혓바닥으로 지옥을 묵살하고 있었지. 등불들은 썰렁한 방안에서 꺼져버렸고 자홍빛 가면을 쓴 채로 괴로움에 찬 인간들은 말없이 스스로를 주시했다. 밤새도록 비가 쏴쏴 내려 대지에 생기를 불어넣어주었다. 가시덤불 잡목 속에서 음울한 자[135]는 옥수수 밭 사이 누렇게 퇴색한 오솔길을 따랐고, 종달새의 노래를 좇았다. 그리고 평온을 찾았으면 소망하면서 녹음 우거진 나뭇가지의 부드러운 정적을 좇았다. 오오, 너희들 마을들이여 이끼 낀 계단들이여, 불타는 전경前景이여. 그러나 숲 기슭에 잠이 든 뱀을 보자 걸음걸이는 움찔 휘청거렸고 귀는 독수리의 미친 듯 울부짖는 소리를 좇았다. 저녁녘 소년은 돌투성이 황무지를 찾아냈다, 아버지의 음산한 집 안으로 들어가는 어느 시신의 동반자를. 자홍빛 구름이 소년의 머리를 감쌌다. 말없이 제 자신의 피와 영상 위로, 달 같은 얼굴 위로 떨어지도록. 돌멩이가 되어버린 것이 허공 속으로 침몰해

---

134 예수님이 사형당할 것을 예측하고 제자들과 나눈 "최후의 만찬"을 연상케 한다. 가톨릭교회에서는 미사예식으로 최후의 만찬을 기념하는 것이다.

135 음울한 자("*der Dunkle*") 여기서도 자신을 "음울한 자"라고 부르고 있다.

버리도록, 그때 거기 산산이 깨어진 거울 속에 한 죽어가는 젊은
이가, 누이가 나타났다. 밤이 그 저주받은 족속들을 집어삼켰다.

떠나간 자의 노래

Gesang des Abgeschiedenen

베네치아에서

In Venedig, 1914

한밤중 방안의 적요.
불빛들은 은빛으로 명멸하고
고독한 자의
노래하는 숨결 앞에,
마법에 걸린 장밋빛 뭉게구름.

검은 파리 떼가
석조石造의 방을 어두컴컴하게 만들자
황금빛 한낮의
통증 때문에 실향失鄕한 자의
머리가 굳어진다.

바다는 미동도 없이 밤을 지새우고.
별과 검은 항해가
운하에서 사라진다.
아이여136, 너의 병약한 미소가
잠속에서 조용히 나를 따랐지.

---

136 "아이"(Kind) : 전 작품을 통틀어 흐르는 라이트 모티프(Leit Motiv) 중의 하나로 "누이"(Schwester)와 함께 여동생 마르그레테(Margrethe)를 환기한다.

여름

Sommer, 1914

저녁녘 숲속 뻐꾸기의
비탄이 침묵하고.
이삭은 한층 깊숙이 고개를 숙인다,[137]
빨간 야생의 양귀비꽃들[138].

시커먼 뇌우가
구릉 너머로 위협을 하자,
여치들의 옛 노래가
들판에서 잦아든다.

마로니에 나뭇잎은
미동도 않는데.
나선형 계단 위에서는
너의 옷자락이 하늘거린다.

어두운 방안에서는

---

137 독일은 밀과 보리를 주식으로 하기 때문에 수확 철이 한 여름 (6,7,8월)이다.
138 이때 양귀비는 야생의 양귀비로 일종의 들꽃으로 마약 성분을 함유한 열매를 맺는 양
　　 귀비와는 다르며 보통 밀밭이나 보리 밭 언저리에 무리로 피어난다.

촛불이 조용히 팔락이는데
은빛 손 하나
그마저 꺼버린다,

무풍의 적요, 별 없는 밤.

기우는 여름

Sommersneige, 1914

녹음 짙던 여름은 사뭇 조용해지고
너의 그 수정 같은 모습도 조용해졌다.
저녁 연못가에서는 꽃들이 사위어갔고,
놀란 지빠귀 한 마리 울부짖는 소리.

인생의 속절없는 희망. 집안의 제비는
벌써 여행 떠날 채비를 갖추고
낙조落照는 능선에서 가라앉는다.
밤은 별자리 여행에로 눈짓을 한다.

마을마다 적막이 깃들고, 온 사위에는
버려진 숲들이 소리를 울린다. 가슴이여,
이제 한층 더한 사랑으로 네 몸을 기울여라
편안히 잠든 여인에게로.

녹음 짙던 여름은 사뭇 조용해지고
낯선 이의 발걸음 소리
은빛 밤을 두루 누비며 울린다.
기억하라, 제 오솔길을 가는

푸른 들짐승¹³⁹ 한 마리를,

그 영적인 세월의 화음和音을!

---

139 ein blaues Wild : 트라클의 주도적 모티프 (leit Motiv) 중의 하나로 시적 자아를 자체재
에 숨기고 있곤 하다. 때로는 누이동생을 "푸른 들짐승"으로 대처하기도 한다.

한 해

Jahr, 1914

유년의 음울한 적막. 녹색으로 물드는 물푸레나무 아래
파르스름한 눈길을 한 온후한 것이 풀을 뜯는다, 황금빛 평온을.
바이올렛 향기 어두운 뭔가를 황홀케 하고,
저녁녘 물결치는 이삭들,
우수憂愁의 씨앗들과 황금빛 그늘.
목수는 대들보를 짓고,
황혼이 깃드는 대지에서는
물방아가 가루를 빻는다. 개암나무 이파리 사이에서는
진홍빛 입술이 둥글게 부풀어 오르고
수컷이 빨갛게 말없는 강물에로 몸을 기울였지
가을은 은밀히 나직하고, 숲의 정령은 고요하다,
황금빛 구름이
고독한 자를, 손자[140]의 검은 그림자를 좇는다.
석조의 방안에서 몸을 기울여라, 싸이프러스 노목老木 아래에서
밤의 형상들의 눈물이 샘물로 모아졌다,
출발의 황금빛 눈동자가, 종말의 어두운
인내가.

---

140 der Enkel: 태어나지 않은 자 Ungeborene와 함께 미래를 가리킨다.

노발리스에 부쳐

An Novalis [141], 초고 1. *Fassung, 1914*

수정 대지 속에 안식을 취하며, 성스러운 이방인[142]이여,
한창 만발한 시기에 쓰러지셨네,
가슴 속에서
평화로이 그이의 현악 탄주가 잦아드니
봄은 제 종려나무들을 그이 앞으로 뿌려 주었네,
그이는 머뭇대는 걸음걸이로
묵묵히 밤의 집[143]을 떠나셨네.

---

141 94) 독일낭만주의 대표시인. 본명: 프리드리히 폰하르덴베르크 Friedrich vonHarden-
berg (1772−1801) 대표작으로『밤의 찬가 Hymnen an die Nacht』,『푸른 꽃 Die Blaue
Blume』이 있음. "이방인" 이라함은 독일의 시인이라는 것을 지적하는 듯. 그리고 "한
창 만발한 시기"라고 아쉬워하는 것은 이 천재 시인이 29세에 폐결핵으로 요절한 것을
상기시키고 있음.

142 Novalis는 독일 출신이라 "이방인"이라고 부르는 것으로 추측된다.

143 "밤의 집"(nächtliche Haus) : 노발리스의 대표작『밤의 찬가』를 가리킨다고 여겨진다.

노발리스에 부쳐

An Novalis, 재고 2. Fassung, 1914

어두운 대지 속에 그 거룩한 이방인은 안식을 취하시네.
신께서는 그이의 부드러운 입에서 비탄을 거두어 가셨네,
한창 만발한 시기에 쓰러진 그이.
푸른 꽃[144] 한 송이
그이의 노래는 고통에 찬 자신의 밤의 집에서 내처 살아갔네.

---

144 『푸른 꽃』(Die blaue Blume)노발리스의 대표작으로 독일 낭만주의 동화의 절정이다. 이
후 일반 동화와 구별하여 "예술동화"라는 장르를 탄생시켰다고 여겨진다.

늪가에서

Am Moor, 1914년, 재고再稿 2. Fassung

검은 바람에 나부끼는 외투자락.
늪의 정적 속에서 메마른 갈대가
나직이 사각거린다, 잿빛 하늘가에는
한 무리 야생의 철새들이 줄지어 따라간다,
칠흑의 물들을 가로지르며.

두 손은 뼈마디 앙상한 헐벗은 자작나무 가지사이로
                                미끄러져가고
발걸음에 누런 나뭇가지 꺾이는 소리 부스럭댄다,
외로운 짐승 한 마리 살다가 죽어가는 곳.

솟아 오르는 소용돌이. 쇠락한 오두막 속에서
타락한 천사 하나 검은 날개를 퍼드덕대며 날갯짓을 한다.
구름의 그림자들, 나무의 광기,

까치들[145]의 울부짖음. 자그마한 노파가 마을로
들어가는 길을 건너간다. 검은 나뭇가지 아래에,

---

145 독일에서는 일반적으로 까치를 불길한 새로 여긴다.

오 무엇이 저주와 불길로 발걸음을 막는가,
소리 없이[146] 울리는 저녁종소리. 금세 눈이 내리겠지.

폭풍우. 늪 속의 부패의 음험한 유령과
방목하는 가축 떼의 우수.
묵묵히 몰아낸다
갈가리 찢긴 돛대로, 밤이 하늘을.

---

146 소리없이("stumm") 종소리가 "소리"를 잃었다면 정상은 아니다.

서양西洋

Abendland, 1914

엘제-라스커 쉴러를 경애하며 **147**

1

달이, 마치 무언가 죽은 것이
푸른 동굴에서 나오는 듯,
꽃송이들이 바위 오솔길 위에
소복이 떨어진다.
환자 하나 연못가에서
은빛으로 눈물을 흘리고,
검은 거룻배 위에서
연인들은 죽어갔지.

혹은 엘리스의 발걸음 소리
임원林苑을 지나 울려온다,
히야신스 만발한 작은 숲을 누비다
떡갈나무 아래에서 다시 잦아들면서.
수정 눈물로 이루어진,

---

147 엘제-라스커 쉴러((Else Lasker-Schueler, 1869-1945): 독일 표현주의를 대표하는 유
태계 여류시인. 트라클은 여동생을 방문하기 위해 베를린에 머물던 중 이 여류시인을
만났다. 엘제-라스커 쉴러도 트라클의 전사 후에 그를 애도하는 시를 남겼다.

밤의 그림자[148]로 이루어진.
오오 소년의 형상이여.
날카로운 번갯불이 그 관자놀이를
비춘다, 항상 서늘한 거기를.
녹음 짙어가는 구릉 가에서
봄철 뇌우가 번개 치며 울릴 때면.

2

녹음 진 숲들이 사뭇 고요하구나,
우리들의 고향은
수정의 아취들이
쇠락하여 무너진 성벽 가에서 사위어 가고
우리는 잠속에서도 눈물을 흘렸지,
가시덤불 울타리 따라
머뭇거리는 발걸음을 옮긴다,
여름 저녁에 노래를 부르는 자, 우리는,
아스라이 반짝이는 포도원의
성스러운 평온 속에서.
이제는 밤의 서늘한

---

148 밤의 그림자 naechtigen Schatten : 빛이 없는 밤에는 그림자 또한 있을 수 없다. 더욱
이 밤 자체의 그림자라고 하고 있음에 주목해야 할 것이다. 시인의 인상주의적 문체양
식에서 추상화抽象化에로 변화했음을 보여주는 대목이다.

품안의 그림자들, 애도하는 독수리들.
달빛 한 줄기 그리도 은밀히
우수의 진홍빛 흔적들을 닦는다.

3

너희 대도시들이여
평지에다
석조石造로 구축된!
그렇게 말을 잃고
고향을 잃은 자
음울한 이마를 하고 바람을 따른다,
구릉지의 헐벗은, 삭막한 나무들을.
너희 노을진 거대한 강물들이여!
폭풍을 품은 구름 속
거대한 저녁노을이
압도하며 공포를 몰아온다.
너희 죽어가는 군중들이여!
하얀 포물선들이
밤하늘 가에 산산이 파열을 일으킨다.
해변 가에 떨어져 내리는 유성流星들이여.

게오르크 트라클[149]

Georg Trakl

Von Else Lasker-Schüeler

그이의 눈동자 아득히 멀리에 멈추어 있었지 –
소년일 때 그이는 언젠가 이미 천상에 갔었네.

때문에 그이의 시어들은
푸른 그리고 하얀 구름 위로 솟구쳐 올랐네.

우리는 종교에 관해 논쟁을 했지만,
언제나 두 놀이동무들 같았네,

입에서 입으로 신을 예비하곤 하였지,
태초에 말씀이 있었나니!

시인의 가슴은 굳건한 성채城砦였고
그의 시들은, 노래하는 명제命題들이었네.

그이는 아마도 마르틴 루터였네.

---

149 엘제 리스커-쉴러(Else Lasker-Schüeler)가 게으르그 트라클을 기억하며 바친 시 트라
클의 전사(자살) 소식을 듣고. 엘제 리스커-쉴러(Else Lasker-Schüeler) 시선집에서 발
췌하였음.

| 게오르크 트라클 – 시선집 –

자신의 세 겹 영혼을 손에 들고 다녔지,
"성전聖戰"¹⁵⁰을 향해 달려갈 적에.

그러곤 나 알았네, 그이가 전사戰死했다는 것을 −

그이의 그림자 알아채지 못하게 머물러 있었네
내 방 저녁 위에.

---

150 일차대전을 말한다. '성전'이라 함은 옛 중세 때 십자군들이 성지를 찾기 위해 달려갔던
것에 비교한다.

사로잡힌 어느 지빠귀의 노래

Gesang einer gefangenen Amsel, 1914

루드비히 폰 피커를 위해(Für Ludwig von Ficker)

녹색 가지 속 어두운 숨결.
자잘한 파란 꽃들이 고독한 자의
얼굴을 맴돈다, 올리브나무 아래
잦아드는 황금빛 발걸음소리 주위를.
밤은 취한 날개로 파드닥대며 날갯짓을 한다.
그리도 조용히 겸허한 출혈을 하고,
꽃피어나는 가시에서 느릿느릿 방울져
　　　　　　떨어져 내리는 이슬방울.
눈부시게 빛나는 두 팔의 연민이
어느 미어지는 가슴을 보듬는다.

연옥煉獄[151]

가을 성벽 가, 거기 그림자들은
구릉에서 울리는 황금을 찾는다
풀을 뜯는 저녁 구름들을
바싹 마른 플라타너스나무의 고요 속에서.
이 시간 한결 더 어두운 눈물을 숨쉬고,
영겁의   벌罰을 호흡한다, 꿈꾸는 자의 심장이
진홍의 저녁노을 빛으로 흘러넘치기 때문에,
연기를 뿜어내는 도회의 우수로 넘치기 때문에.
행인들을 향해 황금빛 서늘함이 나부낀다,
낯선 이를 향해, 묘지를 향해,
그림자 속에서 자칫 바스러질 듯 여린 시체가[152]
          따라가듯이.

석조 구축물이 나직이 울리고,

---

151 기독교 교리에 의하면 아담과 이브의 타락 이후 인간은 그 타락이라는 "원죄原罪"를 상
속받는다. 오직 성모 마리아만이 이 원죄에서 면해진 인간이다. 그리하여 인간 누구나
사망이후 아무리 죄 없이 살아왔다 해도 이 원죄 때문에 천당으로 직접 갈 수 없다. 그
리하여 "연옥"이라는 곳에서 적당한 만큼의 벌을 받아 속죄贖罪가 되고나서야 천당으로
갈 수 있다고 한다.

152 '격정'(Passion) 속에서 오르페우스의 죽은 아내 에우리디케의 모습을 연상케 하면서 트
라클 시 속에 몇 차례 나오는 상이다.

고아들의 정원이, 음산한 요양원 건물이,
운하 위에 붉은 선박 한 척이.
꿈꾸며 어둠 속에서 부패해가는 인간들이
솟아올랐다가는 침몰하고
거무스름한 성문들에서는
싸늘한 이마의 천사들이 앞으로 나온다,
푸른 것들이[153], 어머니들의 죽음의 비탄들이.
그네들의 긴 머리칼 사이로
불타는 바퀴 하나[154], 둥그런 하루가 굴러간다
끝날 줄 모르는 대지의 고통이.

황량한 방들에서는 부질없이
집기들은 곰팡이 슬고, 뼈다귀 앙상한 손으로
푸른색 속에서 옛이야기를 찾아 더듬는다

---

153 푸른 것들: 원어 Blaeue. 색조상징(Farbsymbole)의 특징은 그것들이 한 가지 의미만 상
징하지 않는다는 것이다. 때로는 정 반대의 의미를 지니기도 한다. 예컨대 "푸른색
blau"은 긍정적인 의미를 지니고 사용되기도 하지만 우울과 죽음을 상징하는 등 일관되
지 않은 것이 특징이다.

154 낮 동안 태양이 동쪽에서 서쪽으로 움직이는 것(실은 지구의 자전이지만)을 수레를 타
고 서쪽 산의 능선을 넘어가는 모양을 바퀴가 굴러 떨어진다고 봄.

신심 없던 유년을,

살찐 시궁쥐들이 문짝과 장궤欌櫃들을 갉아 먹는다

눈 내리는 고요 속에 뻣뻣이 굳어버린 채

심장 하나를.

부패해가는 암흑 속에서 굶주림이라는

진홍색 저주들이 메아리친다,

허위의 흑색 검劍들이,

청동의 성문을 때려 부수려는 듯이.

떠나간 자의 노래[155]

Gesang des Abgeschiedenen, 1914

카를 보로메우스 하인리히에게(An Karl Borromaeus Heinrich)

철새들의 비상은 조화롭기 그지없고. 녹음진 숲들은
저녁녘 한결 더 조용한 오두막으로 모여든다.
노루가 풀을 뜯는 수정 같은 목초지.
어두운 것이 시냇물의 졸졸거리는 소리를, 축축한
　　　　　　　　　그림자들을 달래준다.
바람을 맞아 아름답게 울리는 여름 꽃들을.
명상에 잠긴 인간의 이마에는 이미 어스름이 깃든다.

이제 그 사람의 심장 속에는 작은 등불이 선량함이 깜빡인다,
식사시간의 평온이. 그럴 것이 빵과 포도주는
신께서 손수 축성해주신 것이므로 그리고 밤 같은
　　　　　　　　　두 눈으로 아우가 너를
조용히 내다보고 있으므로, 그래야 가시밭길
방랑길에서 이제 안식을 취할 수 있을 테니.
오오 영혼이 깃든 밤의 푸르름 속에 거주함이여.

---

155 카를 보로메우스 하인리히에게(An Karl Borromaeus Heinrich)

방안의 침묵은 사랑으로 옛 어른들의 그림자도
함께 보듬는다.
진홍빛 고문拷問을, 한 위대한 종족의 비탄을,
이제 경건하게 어느 외로운 손자에게서 대가 끊길
그 종족을 보듬는다,
광기의 검은 분초分秒에서 더욱 더 눈부시게
인내하는 자가 석화石化된 문지방에서 끊임없이
깨어나고 있으므로,
서늘한 푸르름과 가을의 빛나는 경도된 편애가
그 인내하는 자를 격렬하게 포옹해주고 있으므로.

정적이 깃든 가옥과 숲의 전설들을,
절도와 법칙을, 그리고 또한 떠나간 자들의
달빛 비치는 오솔길을.

심장

Das Herz, 1914

격렬한 심장은 숲 기슭에서 하얗게 되었네,
오오 죽음의 음울한 공포여, 그렇게
금빛은 잿빛 구름 속에서 죽어갔지.
십일 월 저녁이었네.
도축장 옆 황폐한 담장 가에는
빈한한 아낙들의 무리 서있고,
매 바구니 안에는
썩은 살코기와 내장[156]을 떨어뜨려 받았네,
그 빌어먹을 맛이라니!

저녁의 파란 비둘기는
용서를 가져오지 못했네.
음울한 트럼펫의 절규는
느릅나무의 젖은 황금빛
황금나뭇잎들을 마구 뒤흔들었네,
갈기갈기 찢어진 깃발이
피연기를 뿜어대자

---

156 가축의 내장은 흔히 버리거나 아주 싼 값에 나누어 주던 부위였다.

격한 수심에 젖어
한 사내가 멀리에로 귀를 기울이네.
오! 너희 청동의 시대여
저기 저녁노을 속에 파묻혔구나.

어두운 현관문에서
아가씨의
황금빛 자태가 밖으로 나왔네
파리한 달들에 둘러싸여,
가을의 궁정宮庭,
밤 폭풍우 속에서
시커먼 전나무들이
가파른 요새를
짓뭉개버렸지.
눈 쌓인 냉기 속에 가물가물 사위어가는
오 심장이여.

수면睡眠

Der Schlaf, 1914

저주를 받아라, 너희 음울한 독毒이여,
하얀 수면睡眠이여!
황혼이 깃드는 나무들의
이 지극히 야릇한 정원에는
뱀들, 나방들,
거미들 박쥐들이 득실거린다.
낯선 나그네여!¹⁵⁷ 저녁노을 속에서
그대의 잃어버린 그림자,
비참의 짜디짠 바다 속
음산한 해적선 한 척.
곤두박질로 추락하는
강철 도시들 너머로
하얀 새들이 밤의 언저리에서 날갯짓을 한다.

---

157 '낯선 이 Fremdling' : '외로운 이 der Einsame'와 함께 자주 나오는 모티프로 대부분 시
적 자아이곤 하다.

뇌우

Das Gewitter, 1914

너희 험준한 산맥이여, 독수리들의
고귀한 비애여.
황금빛 적운積雲이
돌투성이 황무지 너머 연기로 피어오른다.
소나무들은 너그러운 고요를 호흡하고,
저 아래 골짜기 평야 밑바닥에는 검은 양떼들,
불현듯 파르스름한 것이
기묘하게 침묵하는 곳,
뒤엉벌의 부드러운 웅웅거림.
오 녹색 꽃이여 —
오 침묵이여.

꿈결인 듯 골짜기 격류의
음산한 영들이 가슴을 뒤흔들어 놓고,
암흑이여,
심연 위로 몰아쳐 들어오는구나!
하얀 음성들이
스산한 앞뜰에서 방황하고,
갈가리 찢긴 테라스들,

아버지들의 격렬한 원한과 어머니들의
비탄,
소년의 황금빛 전투의 절규
그리고 태어나지 못한 것이
맹인이 되어 한탄을 하면서.

오 고통이여, 너 위대한 영혼의
불타는 우러러 봄이여!
이미 시커먼 소용돌이 속에서
준마와 마차가 휘이익 날쌔게 달리고
장밋빛으로 쏟아지는 번갯불
요란스런 가문비나무에로 떨어진다,
자석 같은 냉기가
이 오만한 머리 주위를 맴돈다,
어느 분노한 신의
불타는 우수가.

공포여, 너 독사뱀이여,
검은 공포여, 암석 속에서 죽어버려라!

그때 눈물의 맹렬한 강물이,
폭풍우 – 자비가
곤두박질로 흘러내리고,
온 주위 눈 덮인 산마루들이
무시무시한 우레 소리로 메아리친다.
불길이
갈가리 찢긴 밤을 정화淨化시킨다.

우수愚愁

Die Schwermut, 1914

그대 내면의 음울한 입이여, 거대하구나,
가을 뭉게구름으로
형체를 이룬,
황금빛 저녁의 적요.
꺾어진 소나무 숲속
녹색을 띤 황혼이 깃드는 계곡물
그늘이 드리우는 곳,
경건하게 갈색 풍경 속에서 사위어가는
어느 마을.

거기 검은 말떼가
안개 낀 목초지에서 뛰어오른다.
그대들 병사들이여!
태양이 쇠잔해가며 굴러 넘어가는 구릉에서
폭소하는 선혈이 쏟아져 내리고 –
떡갈나무 아래
말을 잃는다! 오 군 대열의
원한에 찬 우수여, 번쩍거리는 헬멧 하나가
자홍색 이마에서 철거덕 떨어졌다.

가을밤은 사뭇 써늘하게 다가오고,
으스러진 병사들의 유골 위로
뭇별들과 함께 반짝거린다
말없는 여수도사가.[158]

---

158 말없는 여수도사 Die stille Moenchin

계시와 몰락

Offenbarung und Untergang

계시와 몰락

Offenbarung und Untergang, 1914

행인들이 다니는 밤의 오솔길들은 야릇하다. 밤 산책을 하면
서 석조石造의 방들을 지나가노라니 매 방마다 조용히 작은 램
프가, 구리 등불이 타고 있었다. 몸이 시렸다. 잠자리에 쓰러지
니 머리맡에 다시 그 낯선 여인[159]의 검은 그림자가 서있었다.
나는 그 얼굴을 천천히 두 손안에다 감싸 쥐었다. 또한 창가에
는 파랗게 히야신스가 만발해 있어 숨을 쉬는 자의 진홍빛 입술
위로 옛 기도가 흘러나왔다, 그리고 눈시울에서는 쓰디쓴, 세상
을 위해 흘린 눈물이 흘러내렸다. 바로 이 시간 나는 아버지의
죽음 속에서 창백한 아들이었다.[160] 푸른 소낙비 속에 구릉지
쪽에서 밤바람이 불어왔다, 어머니의 음울한 비탄이, 다시 잦아
들면서, 그리고 내 심장 속 시커먼 지옥을 보았다, 몇 분간의 아
른아른 빛나는 적막을. 석회질의 담장에서는 말할 수 없는 얼굴
하나가 – 어느 죽어가는 젊은이였다 – 귀향길에 오른 종족의
아름다움이 조용히 걸어 나왔다. 바위의 냉기가 감시하는 관자
놀이를 달빛이 하얗게 감싸고 있었고, 쇠락한 층계 위 그림자들
의 발걸음 소리가 잦아드는데, 자그마한 정원에서는 장밋빛 원

---

159 낯선 여인: Fremdlingin

160 실제 트라클의 부친은 1910년에 작고하였다. 그러므로 이 시도 앞의 산문시,「꿈과 정신착란 *Traun und Umnachtung*」과 마찬가지로 전기적 요소가 다분한 시이다.

무의 소리가 사위어가고 있었다.

　나는 묵묵히 인적이 끊긴 선술집, 연기에 찌든 목재 대들보 아래 포도주를 곁에 놓고 쓸쓸히 앉아 있었다. 눈부시게 빛나는 시체 하나가 뭔가 어두운 것 위로 기울여왔고 내 발치께에는 죽은 양 한 마리가 널브러져 있었다. 썩어가는 푸르스름한 것에서 누이의 창백한 형체가 걸어 나왔고 그녀의 낭자하게 출혈하는 입이 말을 했다: 검은 가시야 찔러주렴. 아아 그 은빛 팔들이 사나운 천둥벼락소리를 이제도 여전히 나에게 울려준다. 달 같은 발에서 피를 흘려라, 밤의 오솔길에서 꽃피어나면서, 그 너머 시궁쥐들이 울부짖으며 휙휙 달려갔지. 내 둥그렇게 휘어진 눈썹에서는 그녀의 별이 깜빡였다. 한밤중 내 가슴이 나직이 울렸다. 시뻘건 그림자 하나가 불타는 검劍을 들고 집안으로 쳐들어와 이마에 눈을 덮어쓴 채 도망을 갔다. 오 쓰디쓴 죽음이여.
　어느 음울한 음성이 말하기를, 밤의 숲속에서 나는 까마귀의 목을 부러뜨렸다네, 그놈의 새빨간 눈에서 광기가 튀어나오지 뭔가, 느릅나무 그늘이 내 위로 드리워졌기 때문이었지. 샘물의 파란 웃음과 밤의 검은 냉기 때문에, 마침 그때 나는 한 광포한 수렵꾼으로 눈에 덮인 들짐승 한 마리를 쫓고 있던 참이었거든, 석조의 지옥 속에서 나의 얼굴이 서서히 죽어가고 있었지.
　그러곤 피 한 방울이 그 고독한 자의 포도주 속으로 아른대며 떨어졌다. 마셔보니 양귀비보다 더 쓴맛이었지. 거무스름한 구름이 내 머리를 휘감았다, 저주받은 천사의 수정눈물이, 누이의 은빛 상처에서 피가 흘러 불꽃 비가 되어 내 위로 흘러 떨어진 것이었다.

숲 기슭에서 침묵을 지키는 자로서 거닐고 싶다, 그의 말없는 두 손에서 털보송한 태양이 가라앉았지, 저녁 언덕에 한 낯선 이가, 눈물을 흘리며 석조의 도시 위로 눈꺼풀을 치켜 올린다, 자정향나무 고목의 평온 속에 조용히 서있는 들짐승 한 마리, 오 안식을 모르는 황혼에 물든 머리가 엿듣고 있다, 혹은 구릉지 옆 푸른 구름의 머뭇대는 발걸음들이 따른다, 또한 진지한 성좌들도. 곁에는 조용히 녹색 씨앗이 길동무가 되어주고, 이끼 낀 숲속 오솔길 위에서는 수줍게 노루가 동행해 준다. 마을 사람들의 오두막들은 묵묵히 잠긴 채이고 바람 한 점 없는데 숲속 급류의 푸른 비탄소리 불안하다.
그러나 바위 오솔길을 따라 내려가노라니, 광기가 졸지에 나를 엄습해 왔고 한밤중인데도 고래고래 소리를 질렀다. 그리고 은빛 손가락으로 말없는 물 위로 몸을 굽히자, 내 얼굴이 나를 이미 떠나간 것이 눈에 들어왔다. 하얀 음성이 나에게 말했다, 죽어버리렴![161] 한숨을 쉬며 내 안에서 한 소년의 그림자가 몸을 일으키더니 빛을 뿜으며 수정의 눈으로 나를 바라보았다, 그리하여 나는 눈물을 흘리며 나무 아래에 쓰러졌다, 별무리 흩뿌려진 거대한 둥그런 하늘 아래에.

---

161 죽어버리렴!: Töte dich!

거친 바위들과 아스라이 저녁의 촌락들, 귀로에 오른 가축
떼들을 지나쳐 평온을 모르는 방랑길. 멀리 가뭇없이 수정의 초
원 위에서는 낙조落潮가 풀을 뜯고, 그 사나운 노래가, 새의 쓸
쓸한 울부짖음이, 푸른 안식 속에 죽어가며 내면을 뒤흔든다.
그러나 너 조용히 오는구나, 한 밤중에, 잠을 잃고 나 구릉 가에
누워 있었지, 아니면 봄 소나기 속에서 광포하게 날뛰든가. 불
현듯 울적한 기분이 떠나가는 자의 머리를 점점 더 검게 흐려놓
는다. 천둥번개가 밤의 영혼을 소름이 끼치도록 놀래주고 너의
두 손은 숨이 막힐 듯한 내 가슴을 갈가리 찢어놓는다.

　　황혼이 물들은 정원으로 가노라니, 그 사악한 자의 검은 형
체가 내게서 떨어져 나가고 밤의 히야신스 같은 적요가 나를 에
워쌌다. 나는 휘어진 거룻배를 타고 고요히 안식을 취하는 연못
을 넘어갔다. 감미로운 평온이 돌멩이가 되어버린 내 이마를 쓰
다듬어주었다. 묵묵히 버드나무 노목 아래 누워 있노라니 드높
이 내 머리 위에는 푸른 하늘 가득 별이 흩뿌려져 펼쳐져 있었
다. 우러러보며 사위어 죽어 가니 내 마음 가장 깊숙한 곳의 불
안과 고통도 서서히 죽어갔다. 그러곤 소년의 푸른 그림자가 어
둠 속에, 은은한 노래 속에 빛을 발하며 눈부시게 몸을 서서히
일으켰고, 녹음이 짙어가는 나무우듬지 너머, 수정의 암벽 위로
달 같은 날개를 타고 누이의 하얀 얼굴이 높이 떠올랐다.

　　은빛 발꿈치로 가시 깔린 계단을 내려가 나는 회칠이 되어있

는 방안으로 들어갔다. 방안에는 촛불 한 대가 조용히 타고 있었고 진홍빛 아마포에 나는 말없이 머리를 파묻어 숨겼다. 그러자 대지는 어린아이의 시체 한 구를, 달 같은 모습을, 내던졌고 그것은 느릿느릿 내 그림자 밖으로 걸어 나가, 으스러진 팔을 한 채 돌투성이 벼랑에로 추락하였다, 펄펄 쏟아지는 함박눈이었다.

귀향

Heimkehr, 1914

냉기 서린 암울한 시절이여,

고통과 희망을 간직하고 있다,

사이클롭스 석벽石壁[162]은,

인적이 끊어진 산맥,

가을의 황금빛 숨결,

저녁 뭉게구름 —

순연함이여!

수정 같은 유년이

푸른 눈으로 내다본다,

어두운 가문비나무 아래

사랑이, 희망이,[163]

불꽃 튀는 눈꺼풀에서

이슬이 빳빳한 잔디 속으로 방울져 떨어진다[164] —

---

162 고대 그리스의 거대한 자연석 건축. Zyklopenmauer라고도 한다. 원래 사이클롭스(Zyklops)는 오뒷세이아 중에 나오는 외눈의 거인의 이름이다.

163 가톨릭교회의 기도문 중에는 "믿음": 교회는 오류가 있을 수 없다는 교회에 대한 절대적인 믿음; "희망": 영원한 생명으로의 구원에 대한 소망; "사랑": 신과 자신과 이웃을 사랑해야 한다는 노래. 등 3가지 덕을 찬송하는 기도문이 있다.

164 잔디 위로 눈물방울이 떨어져 내리는 모습.

겉잡을 수 없이!

오오! 저기 금빛 오르막 오솔길이
심연의
눈 속에 무너져 내리는구나!
파란 냉기를
밤의 골짜기는 호흡한다,
믿음이여, 희망이여!
그대 외로운 묘지여 안녕하신가!

저녁

Der Abend, 1914

죽어간 영웅의 모습으로
그대 달이여
말없는 숲들을 채운다,
조각달이여 –
연인들의
포근한 포옹으로
유명했던 시대의 그림자를 보듬는다,
풍상에 푸석해가는 온 주위 바위들을.
그처럼 파르스름하게 암석들은
도회를 배경으로 눈이 부셨지,
냉혹하고 사악하게
썩어가는 종족이 사는 곳,
창백한 손자가
암울한 미래를 예비하는 곳.
그대들 달빛이 삼켜버린 그림자들이여
산정호수山頂湖水의
텅 빈 수정 속에서 탄식하면서.

밤

Die Nacht , 1914

나 그대를 노래한다, 가파른 틈새여,
밤의 폭풍우 속에서
올돌히 솟아오른 산맥들이여,
그대들 잿빛 탑들이여
지옥의 끔찍한 요괴들로 넘쳐나는구나,
불을 뿜는 짐승들,
억센 양치류들, 가문비나무들,
수정 꽃송이들 따위로.
그칠 줄 모르는 통증 때문에
그대 신神을 치몰아 포획하였지
부드러운 정신 그대여,
폭포 속에서 탄식하며.
물결치는 소나무 숲에서.

온 주위 민중民衆들의 황금빛
불길은 활활 타오른다.
거무스름한 벼랑위로
죽음에 취해 곤두박질로 추락한다,
불타는 돌풍이,

만년설의
푸른 포물선이
골짜기 평야에서는 굉음이
종소리를 압도한다.
불꽃들, 저주들
그리고 쾌락의
어두운 유희들,
돌멩이가 되어버린 머리 하나가
하늘을 향해
폭풍처럼 돌진한다.

헬브룬¹⁶⁵에서

In Hellbrunn, 1914

다시금 저녁의 푸른 비탄을 언덕 쪽으로
따르면서, 봄의 연못가에서 −
그 너머 오래전 죽어간 이의 그림자가
떠돌기라도 했던가,
교회 고위 성직자들 그리고 귀부인들의 그림자들이 −
이미 꽃들은 피어난다, 바이올렛의 진지한 꽃송이들이
저녁 땅바닥에. 파란 샘물의
수정 같은 물결이 졸졸 거린다. 떡갈나무는 사뭇 영적으로
망자들의 잊혀졌던 오솔길 너머로 파릇이 녹색으로 피어나고,
연못 너머로는 황금 구름이 피어난다.

---

165 오스트리아 잘쯔부르크 남쪽에 자리한 지역

비탄

Klage, **166** 1914

수정의 입으로 이루어진 젊은이여
그대의 황금빛 눈길을 골짜기 속으로 가라앉혀라,
컴컴한 저녁시간
숲의 물결이 시뻘겋고 황량하다,
저녁이 그다지도 깊은 상처를 입었구나!

공포여! 꿈에 짓눌린 죽음의 공포여,
횡사하여 무덤은 물론이고
나무와 잡목 숲에서 이 해(年)가 내다본다,
삭막한 들판과 전답을,
양치기는 불안하여 가축 떼들을 불러들인다.

누이여, 너의 파란 눈썹이
밤에는 조용히 눈인사를 하더라.
오르간 소리 한숨을 쉬고 지옥이 웃어젖히자
공포가 가슴을 사로잡는다,
빌건대 부디 별과 천사를 볼 수 있었으면.

---

166 *Klage I.* 1914년 7월에 전선에서 쓰여짐.

어머니들이 아기들을 위해 망설이지 않을 수 없는 것은
수갱竪坑 속에서 청동이 빨갛게 소리를 울렸기 때문이지,
쾌락을, 눈물을, 바위가 된 고통을,
거인들의 음산한 전설들을 울렸던 것이다.
우수憂愁여! 쓸쓸히 독수리들이 비탄한다.

밤으로의 귀의

Nachtergebung, 1914

여 수도사님! 당신의 어두움 속에 나를 품어주세요.
당신의 산맥은 이리도 서늘하고 파랗군요![167]
거뭇한 이슬이 출혈을 하며 떨어지고
십자가가 별 총총히 빛나는 곳에 곧추 서있습니다.

입들과 거짓말들이 자홍색으로
퇴락한 방안에서 써늘하니 으스러졌고,
여전히 웃음을 웃는 듯 보이니,
어느 종鍾의 마지막 타종 소리, 황금빛 연주입니다.

달을 에워싼 구름들! 야생의 과일들이 나무에서
밤이면 시커멓게 떨어져
그 장소는 무덤이 되고
이 인생행로는 꿈이 됩니다.

---

167 원전 blau 파랗기도 하다, 산맥에 대한 형용사라면 "녹색으로 푸른" 을 연상할 것이지
만 이 시인은 "blau"라고 명기하고 있다.

동부 전선에서

Im Osten, 1914

군중의 무지몽매한 험악한 분노는
겨울 폭풍우의 난폭한 오르간을 닮았다.
전투의 자홍색 물결은,
나목으로 헐벗은 별들은.

으깨진 눈썹과 은빛 양팔을 한 채
죽어가는 병사들에게 밤이 손짓을 한다.
가을 물푸레나무 그늘 속에서
살육당한 유령들이 탄식을 한다.

가시투성이 잡초 덤불숲이 도시를 에워싼다.
피 철철 흘리는 계단에서
달은 놀란 아낙들을 몰아낸다.
사나운 이리떼가 성문으로 쳐들어왔던 것이다.

비탄 Ⅱ

Klage Ⅱ, [168] 1914

수면과 죽음이, 음산한 독수리가
밤새 이 머리 위를 휘익 휘이익 맴을 돈다.
인간이라는 황금빛 영상을
구원久遠의 냉혹한 물결이
집어삼키는 듯. 무시무시한 암초에 걸려
자홍紫紅 빛 몸뚱이는 산산이 부스러지고
바다 위에서는
음울한 음성이 비탄한다.
폭풍 같은 우울증에 빠진 누이여
보라, 불안 불안한 거룻배 한척이 침몰하는 것을,
별무리 아래에서,
밤의 침묵하는 얼굴에다 비탄을 한다.

.

---

168 *Klage II*, 1914년 9월 전선에서.

그로덱 전투[169]

Grodek, 1914

저녁이면 가을을 맞은 숲들은
살인 무기의 음향을 연주한다, 황금빛 평야와
파란 호수들도, 그 너머 태양이
한층 더 음울하게 넘어간다. 밤은
죽어가는 병사들을 보듬어 안고 있다, 그들의 으스러진
입들이 내는 격렬한 비탄 소리들.
그러나 목초지에서는 조용히
진노한 신께서 거처하는 붉은 구름이
철철 쏟아진 선혈이, 달[月]같은 냉기가 모여든다.
길들은 일제히 시커먼 부패 속으로 달려가고.
밤과 뭇별들의 금빛 가지 아래
누이의 그림자는 침묵하는
임원林苑 사이로 일렁인다,
영웅英雄들의 영들에게, 피 철철 흘리는 두개골들에게
인사하기 위해.

---

169 트라클은 마지막 전투였던 이곳 그로덱에서 1914년 9월, 10월 전투 중에도 재고再稿
의 교정을 보았다고 하며 11월 4일 코카인 과다복용으로 사망하기 바로 전까지 이 시
에 가필을 하였다. 사망 후 친구 폰 픽커에게 우편으로 전달되었다고 한다.

백골 대롱[170] 속에서는 가을의 어두운 피리들이
은은히 소리를 낸다.
오오 더욱 더[171] 자랑스러운 애도여! 너희 청동 제단[172]이여,
오늘 성령의 뜨거운 불꽃이
이 극렬한 고통을 보양하리,
태어나지 못한 태내의 손자들을.

---

170 전사한 병사들의 백골 대롱을 통해 바람이 불어 지나간다는 섬뜩한 상이다.
171 백골대롱을 통한 피리 소리로 애도하고 있으니 "더욱 더" 슬픈 애도가 아닐 수 없으리라.
172 청동을 사용해 만든 무기들의 무더기를 가리킨다.

게오르크 트라클 해설

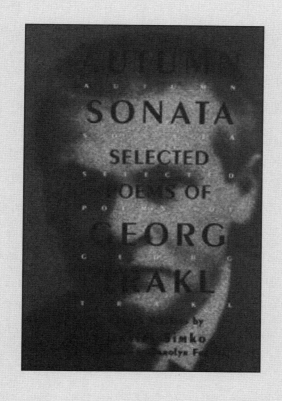

트라클, 그의 서정시

게오르크 트라클은 1887년 2월 3일 오스트리아의 잘쯔부르크에서 태어났다. 그의 탄생연도는 다른 표현주의 시인들의 대부분이 그러하듯이, 이 세상의 빛을 처음 보았던 저 짧은 시공간에 머물렀다.[173] 이들은 바야흐로 산업화 시대에 소위 창업 범람시대의 부자 간(부녀 간) 갈등의 세대[174]로서 20여 년 후에는 보헤미안으로 혹은 반항적인 시인으로서 문학적인, 실제적인 가부장세대에 대하여 격렬히 반항할 것이었다. 그들은 도발적인 혹은 음울한 색조와 폭발적인 절규로써 묵시록적인 세계몰락과 새로운 시작을 설파하며 제1차 세계대전의 혼돈과 후유증 속으로 몰입하여 창작작업을 하거나 스스로를 상실해갈 것이었다. 1914년 제1차 세계대전의 실제 발발과 표현주의의 초기 단계에서 군에 입대하여 요절한 게오르크 트라클은 여러 관점으로 보아 이들 시인 그룹에 속한다. 이들은 시작품 속에서 새로운 것의 부활을 이루기 위해 기존의 언어와 자신 그리고 세계를 완전히 파괴하려 들었다. 그러나 트라클은 그러한 시대적 제반 흐름에 예속되기를 거부하여 그에 대해 스스로를 차단한 하나

---

173 초기 표현주의 시인들이 대부분 이 비슷한 시기에 태어나 제1차 세계대전을 전후하여 사망한다. 예: Georg Heym(1887~1912) 1912년 친구와 함께 자살로 - 추정되는 - 익사함. ; Georg Trakl(1877~1914) ; Ernst Stadler(1883~1914) Oxford 장학생으로 영국에 유학하여 학위를 한 젊은 인문학 학자로서, Brüssel, Straßbourg 대학 교수자격을 취득까지 했으나 1차 세계대전 당시 전사함.

174 eine Generation von Gründervätersöhnen (und - töchtern)

의 독자적인 현상이었다.

표현주의 시인으로 간주되는 여러 시인들처럼 트라클도 훌륭한 시민가정 출신이다. 아버지는 소시민에서 거대 시민계급으로 성장하기 위해 고도의 노력을 기울였던 인물로 철강 사업가였으며, 그러나 부드러운 때로는 엄격한 가부장이었다. 한편 그의 어머니는 열정적으로 고가의 골동품을 수집하면서 사교계를 드나들었으며, 예술적인 교양에 대한 것 이외에는 여섯이나 되는 자녀들의 교육은 프랑스 엘자스-로렌지방[175] 출신 가정교사에게 전적으로 맡기다시피 하였다.[176]

트라클의 특정한 상들과 개념들은 항상 반복적으로 등장하면서 새로운 연관성 속에서 계속 반복되기 때문에 그 자체적으로 고유의 의미들을 지닌다. 예로 트라클의 서정시 속에 "유년시절"(Kindheit)이라는 어휘는 항상 음울한 아우라를 지니며, 나오고 있어 어머니의 자상한 돌봄이 아쉬웠던, 유난히 예민하고 병약했던 데다 조숙했던 어린 트라클이 가정적 사랑을 갈구하며 외롭게 보냈던 탓일 것이다. 아마도 산문시, 「꿈과 정신착란」(*Traum und Umnachtung*)에서 가장 선명하게 나타날 것이다. *"불현듯 소년은 제 유년시절을, 질병과 공포와 암흑으로 가득한 그 시절을 기억해 보았다. 그리고 온 하늘 가득 흩뿌려져 깜빡이는 별*

---

175 엘자스-로렌 Elsass Lothringens : 라인강 상류에 자리 잡은 지역으로 프랑스와 독일 경계선에 위치하고 있어, 역사적으로 독일이 승전할 때면 독일의 영토로, 프랑스가 승리할 때는 프랑스 영토가 되곤 했기 때문에 대부분의 주민들은 두 나라 언어에 능통하다.

176 이 가정교사는 문학적 조예가 깊어 조숙하고 예민했던 트라클에게 일찍부터 보들레르(Baudelaire), 발레리(Verlaine), Rimbaud 등 프랑스의 상징파 시인을 소개해 준 당사자이기도 하다.

총총했던 정원에서의 침묵해버린 놀이들, 혹은 어스름이 깔리는 뜰에서 시궁쥐들에게 먹이를 주던 일 따위를." 트라클에게 있어 유년시절은 다시는 만회할 수 없이 잃어버린 그 어떤 것이지만, 동시에 실제로 한 번도 소유해 본 적 없는 그 어떤 것으로서 나타나기도 한다. 한 번도 소유해 본 적 없는 그 어떤 것에 대한 이러한 상실감은 트라클의 전체 시작품에서 처음부터 마지막까지 관류한다. 그것은 결코 유년시절의 특별함에만 국한되지 않으며, 어떤 전반적인 것으로 고양되면서, 전 인류의 실존을 포괄하며 또한 과거("유년시절")와 동시에 미래("태어나지 않은 자", "손자")에도 동일하게 향하고 있다. 이러한 현상은 트라클의 마지막 시작품, '그로덱 전투'(*Grodek*)에 특히 전율할 정도로 선명하게 일어나고 있다. 이 시는 시인이 직접 경험한 제1차 세계대전의 배경 앞에서 전망이 개인의 내적 고뇌로부터 전 인류의 고통으로 향하고 있는 것이다. "오오 더욱 더 자랑스러운 애도여! 너희 청동제 단이여,/ 오늘 성령의 뜨거운 불꽃이/ 이 극렬한 통증을 보양하리,/ 태어나지 못한 태내의 손자들을."

"고독한 자" 또한 트라클의 시 속에 빈번히 나타나는 인물이다. 시인의 유년시절과 청소년시절은 외로움으로 특징지워져 있다. 그는 가족 내에서 외톨이였던 것으로 보이며, 학교 급우들 사이에서는, 이미 일찍부터 니체(F. Nietzsche)의 추종자들 사이에서 철학적인, 실존적인 의문들에 몰입해 있었으며, 당혹스러운 상징적인 시들을 쓰곤 하여 괴짜라거나 '망상가'[177](Spinner)로 통하였다. 이미 그 시절 사춘기의 트라클은 어느 면으로는 보들레르 (Charle Pierre Baudelaire, 1821-67)와 후에는 베를렌(Paul F. Verlaine, 1844-1896), 랭보 (Jean N. A. Rimbaud, 1854-1891) 등 프랑스 상징파 시인들을 표방하여 그들을 정신적으로나 실제적으로 모방하며 "악의 시인"(poete maudit)이라는 명성을 획득하고 있었다. 그들 프랑스 시인들을 모방하여 알콜이나 마약 같은 것을 실험하며 주기적으로 유흥가 따위를 드나들면서 보들레르적인 의미에서 "예술적인 낙원"(paradis artificiels)을 창출하기 위해 인생을 향락하는데 탐닉하였으나 — 결국 거기에서 헤어나지 못하고 파멸하고 만다.

트라클은 자신의 마약중독을 스스로 망각하고 탐욕스레 탐닉하는가 하면, 한편 스스로에 분노하며 저주해 왔던 것으로 보인다. 그는 친지들에게 보낸 편지들에서 끊임없이 자살에 대한 의도를 언급하곤 했는데, 그것은 도움을 청하는 비명인 동시에, 스스로 "악의 시인"이었음을 과시하려는 자작극의 일부일 가능성도 있었다. 이 어린 시인은 인문계고등학교(Gymnasium)시절 명석한 학생이었음에도 학급성적이 목표치에 미달하여 수차에 걸친 시도에도 불구하고 결국 학교를 중퇴하여야만 했다. 이로써 그는 당시 자기 세대의 전위적 청소년들 못지않게 자신이 경멸해 마지않던 부르죠아지적 계급으로서의 생활에 대한 최초의

---

177 Spinner라는 말은 '방직공'이라는 뜻으로 김나지움에 다니지 못하고 공장에서 직공으로 일하며 빈둥대는 젊은이를 경멸하여, 일정한 하는 일 없이 망상 속에 이리저리 방랑이나 하는 이들을 이렇게 부르곤 하였다.

좌초를 겪어야 했다. 그는 결국 예술가이며 보헤미안으로서의 특징적인 복장과 생활방식, 그리고 정신적 태도를 의식적으로 표방하는 생활방식에로 도피하였다. 그리하여 그가 사귀며 교류하는 친구들은 그와 유사한 생각을 지닌 젊은 층으로 구성되었었는데 잘츠부르크 사람들은 오지리-시민계급 특유의 방식으로 이들을 "망상가, 아마츄어들"(das spinnerte Krezl)이라고 폄하하였다. 그러나 트라클은 이들과 떠나서는 시민적 생활을 전혀 영위할 수 없었다. 학교 중퇴 후 트라클은 약사 교육을 받기 시작했다. 약사라면 여전히 괜찮게 여겨지는 직업이었고, 비인에서의 3년간의 교육과 1년 동안의 병역을 필한 후 그는 줄곧 안정을 찾으려 시도하였다. 그는 신경과민과 불안상태에도 불구하고 안정된 일자리를 구하기 위해 끊임없이 애썼으나 소용이 없었다. 예컨대 이 젊은 시인은 1912년 말, 비인 소재 노동성에 입사했으나 단 하루만에 거기서 사퇴서를 제출하는 일도 있었다.

트라클의 부르죠아지적 삶과 보헤미안적 생존, 마약중독과 신경불안증세, 환각증세, 자살욕구 등, 이 모든 것들과의 투쟁은 내면 깊숙이 파고든 심리적 고통이 근본 바탕이 되고 있었으며, 이 고뇌는 그의 시작품 속에서 인상 깊은 상징성과 심금을 움켜잡는 표현을 찾아낸다. 그러나 이 표현들은 이해할 수 없는 채로 남아 있다. - 그것들은 바로 릴케가 언급했던[178]바, 다시

---

178 릴케는 트라클 사후 출간된 시집, 꿈속의 제바스치안 *Sebastian im Traum* 을 읽고 다음과 같은 말을 한 적이 있다. 즉, "... man brgreift bald, dass die Bedidngungen dieses Auftoenens und Hinklingens unwiederbringlich einzige waren, ..."

는 "만회할 수 없는 이들 음향과 울림들의 조건들"로서 "트라클의 서정시들을 그처럼 독자적이고, 이색적이며 낯설고 단 일회적인 것으로 만들어 주면서도 또한 우리의 심금을 울리며 내면 깊숙이 와 닿는 것이다." 즉 트라클 스스로 시, '어느 옛 족보에 기록하다'(*In einem alten Stammbuch*) 속에 기록한, "화음과 섬세한 광기가 울리는"[179] 것이다.

"그러므로 나에 대해 알려진 모든 것은 단지 거대한 고백(Konfessuion)의 조각들에 불과했다"라고 괴테(J.W.v. Goethe)는 그의 자전적 대작 『시와 진실』(*Dichtung und Wahrheit*)에서 언급하고 있는데, 트라클의 독자들은 이 표현이 바로 잘쯔부르크 출신 게오르크 트라클의 시작품에도 적용될 수 있다는 인상을 부정할 수 없었을 것이다. 이들 서정시들은 비록 아주 난해한 참회를 하고 있으나 극히 사적인 내밀한 참회라는 특성을 지닌다. 그러나 시인은 여기서 무엇을 참회하고 있는가? 트라클의 서정시들에는 아주 거대한 고통과 그에 못지않게 압도하는 죄의식이 관류한다. "*태어난 자의 죄악은 막대하다. 아 슬퍼라,/ 너희들 /죽음의/ 황금빛 공포여/ 영혼은 보다 더 서늘한 꽃 피어남을 꿈꾸고 있으니*"[180] 라고 시, '아니프 성'(*Anif*)에서 읊고 있다. 이 같은 모든 것을 포괄하는 죄악을 저질렀다는 의식과 그와 함께 죽음의 모티프와 영원히 죽어가는 것, 영원히 사멸해 가는 것의 모티프들과 함께

---

179 *Toenend von Wohllaut und weichem Wahnsinn*

180 원문Text : *Gross sit die Schuld des Geborenen. Wie, ihr goldenen Schauer/ des Todes/ Da die Seele kuehlere Blueten traeumt,* : *in Anif*

트라클의 시에서 극히 선명하게 드러나는 또 하나의 상은 "누이 동생"의 상으로서 시인의 시행들을 처음부터 종말에 이르기까지 하나의 영(靈)이나 혹은 창백한 천사처럼 곳곳에서 나타나곤 한다. 트라클은 이 형체를 "성금요일의 아이"(Karfreitagskind)라고 그의 시, '누이에게'[181](An die Schwester)에서 부르고 있으며, "검은 가지 사이로 속삭이는 입"('삶의 넋', Seele des Lebens)을 지니고 있는 바, 트라클이 최후로 남긴 시, '그로덱 전투'(Grodek)에서마저, "영웅들의 영과 선혈 낭자한 / 두개골에 인사를 하기 위해, 그녀의 그림자는 말없는 임원 속에서 휘청거리는" 것이다. 이 잘쯔부르크 출신 시인의 전체 시작품에는 그가 '정신의 황혼'(Geistliche Dämmerung) 속에 읊고 있는 대로, "누이의 달 같은 음성이 언제나 울린다, / 거룩한 정신의 밤 내내."[182] 사실 어떤 때는 실제로 그런 것처럼 여겨져서 누이동생은 트라클의 시에서 "음향을 울리는 자"[183]를 대표하기도 한다. 그녀는 죽음과 삶을 가져오는 자이며, 재난으로의 추락을 멈춰주기도, 내닫기도 하는 존재이고, 악마로 나타나기도 성녀로 나타나기도 한다. 그리고 또한 아이이기도, 유혹하는 여인이기도 하며 영원한 결합을 대리하는가 하면 끊임없는 이별을 대리하기도 한다.

누이동생이 트라클의 시에서 지속적으로 등장하는 결코 유

---

181 '누이에게'(An die Schwester)에서 "성금요일의 아이"(Karfreitagskind)로 표현함.

182 Immer toent der Schwester mondene Stimme / Durch die geistliche Nacht.

183 der(die) Toenende. 각주 8의 Immer toent der Schwester mondene Stimme를 참조할 것.

일한 인물은 아니다. 어머니. 젊은이, 고독한 자 혹은 외로운이, 낯선 나그네, 천사, 들짐승 등은 게오르크 트라클의 거대한 서정적 드라마 속에 등장하는 몇몇 주인공들의 이름들로서, 그들은 모두 각기 다른 존재들이며 그럼에도 또한 모두 동일한 존재들이다. 그러나 "성금요일의 아이"인 "누이동생"의 경우는 전혀 다른 특별한 아우라를 지니고 있다. 그것은 다만 우리가 트라클의 생애에서 차지하는 영상 혹은 반사체(Spiegelung)를 그녀에게서 가장 선명하게 다시 발견하기 때문만이 아니고, 여기에는 트라클의 실제 여동생, 마르그레테(Margarethe), 애칭 그레테와 연관성이 있기 때문이기도 하다. 실제로 그녀는 모든 여섯 형제자매들 중에서 트라클과 외모 면에서나 성품상으로 가장 많아 닮았다고 하며, 이 고독한 사춘기 소년이 가장 가깝고 친밀하게 결합을 맺었던 바로 그 인물이었다. 그 결합이란 악명 높은 유착관계로서 순수한 오누이 간의 관계라는 성격을 띤 관계로 머물지 않았다. 시, '사악한 자의 꿈'(*Traum des Boesen*)에서는 "*오누이는 공원에서 몸을 부들부들 떨며 서로를 바라보았다*"라고 하고 있으며, 그리스신화 속에서 가장 애절한 한 쌍의 연인을 주제로 삼은 '열정'(Passion)이라는 시에서 "*사나운 격정적 성(性)이 동반 된/ 어두운 사랑*"이었음을 환기하고 있다. 아마도 사춘기 어느 때 처음으로 이루어졌을 그레테와의 근친상간은 어쩌면 단 한 번만은 아니었을 터이고, 트라클을 평생 괴롭히며 휘둘러댔던, 가장 막강한 악마였다. 추측컨대 이 죄책감은 갈수록 더욱 더 가혹하게 심화되었던 듯하다. 왜냐하면 트라클이 늦어도 1909

년 비인에 같이 머물었던 동안 누이동생으로 하여금 마약을 시
도하게끔 주선하였으며 결국 누이도 이 중독에서 벗어날 수가
없었던 것이다.

　　트라클은 자신의 시 속에 연인들과 죽음, 구토와 성욕의 밀
접한 교차에 대한 하나의 해설 속에서 적어도 한 번은, "이 거대
한 죄악"이라는 표현을 쓰고 있다. 누이의 형체는 어머니의 형
체와 손에 손을 맞잡고 걸어가고 있다. 이 상은 또다시 비탄 고
통, 고독의 모티프와 끊임없이 연결되어 나타나며, 이는 트라클
자신이 소원한 관계에 있는 어머니에 대한 하나의 반영이라고
볼 수 있다. 어머니는 그 죄악에 대한 비난하는 의식의 의인화
이기 때문이다. 즉 그의 산문시, 「꿈과 정신착란」(Traum und Umnach-
tung)에, "아 슬퍼라, 누이의 돌멩이가 되어버린 두 눈이, 식사시간
이면 그녀의 광기는 밤중의 오빠의 이마 위를 짓밟으며 가기 때
문에, 어머니의 고통스러운 두 손 아래에서 빵은 돌멩이가 되어
버렸으므로"라고 읊고 있는 것이다. 그와 동시에 어머니는 사
랑하는 누이동생에서 거의 떼어낼 수 없는 존재로서, "어머니는
하얀 달님 속에서 아기를 안고 갔다"라고 시, 「꿈속의 제바스치
안」(Sebastian im Traum)에서 읊고 있는 것을 보아도 알 수 있다. 어머
니 품에 안긴 아기보다 더 친밀한 관계는　어디에도 없을 것이
기 때문이다. 그런데 달 혹은 달님은 누이동생을 형용하는 하나
의 부가어로 자주 쓰인다. 그녀가 희망의 빛을 자신 안에 지니
고 있을 때 그러한데, 예컨대, "어둠 속에서 부드러운 노래가 들
려오는 가운데 소년의 푸른 그림자가 찬란히 빛을 뿜으며 느릿

느릿 몸을 일으켰다. 그리고 달빛에 비추어져 녹색으로 물들어 오는 나무 우듬지들 너머 수정의 절벽 위로 누이의 얼굴이 높이 떠올랐다."(계시와 몰락', *Offenbarung und Untergang*) 누이의 이미지는, 시, '격정'(*Passion*)의 연인의 상과 정확히 동일하게 죽음에 봉헌된 것이며, 결국에는 트라클의 시행 속에 절제된 생동력, 활력을 가져온다. 예컨대 자신의 자기부정에 대한 거부에서 보듯이, 트라클에서 사랑은 언제나 음울하고 어두워서 쇠락과 죽음의 구토와 연관되어 있기 때문이다. 그리고 동시에 사랑의 실재는 죽음과 몰락을, 그 어떤 부드러운 것, 으레 당연히 일어나는 사건으로 변화시켜주며 항상 부활에 대한 소심한 희망을 은밀히 간직하고 있다. 트라클에 있어 시체들은 결코 실제로 죽은 사체(死體)가 아니다. 마찬가지로 살아있는 생명체도 결코 실제로 살아있는 것이 아닐 수 있다. 그의 시들은 모든 상반된 것들을 융합하고 있어, 심지어 삶과 죽음, 선한 것과 사악한 것의 크기와 부피가 하나의 반대감정의 양립의 총체에로, 양극의 전체에로, 그 자체로서 정의할 수 없는, 암비발렌트(ambivalent)한 총체에로 녹아들어 융합되고 있는 것이다.

누이의 영상이 트라클 전체 작품을 관통하고 있듯이 또한 트라클과 그레테의 실제의 삶 역시 친밀하게 연관되어 있다, 심지어 1910년 부친의 사망 후 베를린으로 이주한 후에도, 그리고 1912년 10년이나 연상인 아르투어 랑엔(Arthur Langen)과의 불운한 혼인 이후까지도 그러하였다. 1914년 그레테가 유산을 하자, 그는 서둘러 그녀의 병상으로 급히 달려갔다. 이 사건은 트라클에게 격심한 충격을 주었다. 그 무렵 이 젊은 시인은 1912년 인스부르크 시의 군속 약사로서 시간제로 일하고 있었으며, 아마도 실제로 그곳 인스부르크에서 생애 최초의 자립과 그곳 루드비히 픽커(Ludwig von Ficker) 주변의 문학 그룹과 문예계간지 〈브레너〉(Brenner) 지를 찾아낸 참이었다. 또한 그 자신의 시작품을 위해 공동의 광장을, 하나의 발판을 찾아낸 것은 말할 필요도 없었다. 이곳에서 최초로 트라클의 실로 "이색적으로 다른"**184** 서정시들의 특출함과 천재성이 전폭적으로 인정을 받았으며 명성도 얻었던 것이다. 그때까지 이 젊은 시인은 별 확고한 인정을 받을 수 없었다. 그리하여 그는 자신의 초기 시들을 출간하려 시도하였으나 별 소용이 없었고, 고향인 잘쯔부르크의 "직공출신 작가, 아마츄어 작가였던 트라클의 펜에서 나온 산물인 두 개의 드라마는 결국 전혀 주목을 받지 못하고 말았다. 그러나 1913년 마침내 트라클의 첫 시집이 「시집」(Gedichte)이라는 제하에 출간된다. 그리고 두 번째 시집인 「꿈속의 제바스치안」(Sebastian Im Traum) 의 편찬 작업에 지칠 줄 모르고 몰두하였다. 이제 이 젊은 시인은 정상적인 창작에의 추진력을 체험하게 된 것이었다. 그뿐 아니라 이제 트라클의 가장 친한 친구가 된 픽커(v. Ficker)를 중심으로 한 문학 그룹은, 이 세상에서 여전히 안정되지 못하고 안주하지 못하고 있음을 절감하고 있는 이 젊은 시인에게 일종의 피난처를 제공해 주었다. 게다가 끊임없는 재정적 지원도 있

---

184 원전: befremdlich anders

었다. 그러나 트라클의 내적 심리적 고통에는 그러한 유리한 상황도 아무런 변화를 주지 못하였다. "세상이 두 조각으로 분열을 일으키는데 그것은 정말 말할 수 없는 불행이었다"라고 이해에 기록하고 있다. 뿐만 아니라 그는 금전 문제로 고통을 받았는데 그 자신의 마약중독과 무거운 불안증세의 빈번한 발발 때문이었다. 이러한 증세는 그레테의 유산으로 인한 와병으로 베를린에 다녀온 이후 더욱 심화되어 갔다.

점점 더 악화되어가는 사적인 위기의 와중에 제1차 세계대전이 발발하고 얼마 안되어 트라클은 의무 견습 사병으로서 최전방에서 실제 전투를 직접 체험하게 된다. 그가 그로덱 전투에서만 단 사흘 동안 90여 명의 중상자를 돌봐야만 하게 되자 이 죽음에 "봉헌된" 병사들을 어떤 방식으로든 실제로 돌보아야 하는 일을 해내지 못하고, 무너지고 만다. 1914년 10월 말 픽커에게 보낸 편지에서 "말로 표현할 수 없는 비감 속에 몇 번이고 쓰러집니다"[185]라고 써 보냈는데 이미 자살 시도를 했었고, 동료 병사의 저지로 야전병원에 입원되고 난 이후였다. 그러나 이 동안에도 위대한 시작품들이 나왔으며, 그 중에서도 최후로 쓰여진 '비탄'(*Klage*)과 '그로덱 전투'(*Grodek*)는 줄곧 가필을 하다 사망하기 조금 전 친구에게 보내졌다. 이들 시 속에서 트라클은 자신의 협소한 이미지의 우주[186]와 개인적인 고통에서 나온 것을 심

---

185 *Ich verfalle recht oft in unsäglicher Traurigkeit*
186 이미지의 우주: Bilderkosmos

금을 울리는 방식으로 연관시켜, 보다 더 위대하며 동시에 구체적이고 더욱 포괄적인 고통을 언어로 포착하고 있는 것이다. 물론 그는 앞서 나온 초기 시작품들에서 전체 종족의 표현주의적—묵시록적 몰락을 노래하고 있었다. 그럴 것이, 트라클과 그의 세대 시인들은 제국 말기의 고질병을 그런 식으로 체감하고 있었기 때문이다, 그러나 전쟁의 시편들과, 무(無)로 침몰하고 있는, 아마도 희망일 것인 금빛 반짝임이 전혀 결여되지 않은, 마지막 시편들에서는 인류에 대한 하나의 전망이 열리고 있는 것이다. "... *오오 더욱 더 자랑스러운 애도여! 너희 청동제단이여, / 오늘 성령의 뜨거운 불꽃이 극렬한 통증을 보양하리, / 태어나지 못한 태내의 손자들을.*"('그로덱전투'(*Grodek*) 중에서) 전투 중에 전사한 병사들의 희생이 결코 무의미하지 않으며 자랑스럽기까지 하다. 더욱이 미래의 후손들에 대한 보다 밝은 운명을 빌고 있는 것이다. 그러나 트라클 자신은 말할 수 없는 비감에 굴복하고 마는데, 그는 결국 1914년 11월 3일 수비사령부 산하 야전병원에서 자신이 직접 처방했던 코카인 과다복용으로 사망하고 만다, 트라클이 자살을 시도하던 바로 그날, 며칠 전 교수형에 처해진 탈영병의 시신이 처리되지 않은 채 그대로 매달려 있었다고 한다. 트라클의 마지막 위대한 두 편의 시 속에서 여전히 환기되고 있는 서정적 자취를 제공하는 누이동생 그레테의 슬픈, 거울의 반사체 같은 운명은 그녀의 명을 재촉한다. 오빠의 사망 후 결국 이 젊은 여인은 딛고 설 바닥을 상실한 채, 1917년 25세 나이로 권총으로 자살하고 말았던 것이다.

트라클의 전체 작품을 초기 청소년기의 시작품부터 마지막 시들인, '비탄' 과 '그로덱 전투'까지 살펴보면 그의 문체상의 선명한 발전이 발견된다. 트라클이 1909년 나름대로 한 권으로 정리해두었으나 그의 생존 시에는 출간을 볼 수 없었던 청소년기의 시작품[187]들은 보들레르를 사숙(私淑)한 퇴폐적 문체를[188] 유지하고 있다. 그럼에도 이 어린 시인은 이 시기에도 자기 자신만의 고유한 목소리를 찾고 있었다. 그러나 여기에 이미 트라클 특유의 영상의 세계, 즉 온전히 자기 자신만의 서정적 우주가 생성되어 나오게 될 영상의 세계 혹은 이미지의 세계[189]가 전개되고 있다. 대략 1910년쯤부터 트라클의 문체양식은 일관되게 계속 발전하여 완전히 그의 고유의, 가장 진정한 의미로서의 어휘로 표현해서 극히 경이로운 색조음향[190]을 취하게 된다. 또한 트라클의 인상주의적 단계라고 논하기도 하는 바, 인상과 인상이 순전히 연상적으로 보이도록 나열되고 있는데, 종종 독자들의 평범한 현실인식에 도전하는 비범한 연관성 속에 나열되곤 한다.[191] 이러한 강렬하고, 이때 몽환적이라 함은 활기차고 아름다워야 할 목가적 자연풍경이 역병이 들었다거나 무너져 버린 음산한 마을풍경 따위로 나타나곤 한다는 것이다. 동시

---

187 청소년기의 시작품: Jugendgedichte
188 Decadence– Stil
189 이미지의 세계: Bilderwelt
190 merkwürdige Klangfarbe
191 이 문체적 특성을 '나열식 문체 Reihungssti'l 라고도 한다.

에 그러나 부드러운 자연의 상들이 지배적인 시행들은 하나의 몽환적인 특성을 지니고 있다. 그 특성은 그러나 시선을 베일로 가리는 것이 아니라 더욱 더 선명하게 드러나도록 강화시키고 있다. 이 같은 '인상주의적' 단계에서 트라클의 표현주의적 시작품에로의 변화는 물 흐르듯 일어난다. 트라클의 구상적 특성은 (Bildhatigkeit, 구상성) 재인식될 수 있는 실제 재귀로부터 놓여나는 것에서 시작된다. 즉, 그의 시행들은 점점 더 새로운, 시적이고 기호적인(poetisch, zeichenhafte) 하나의 "실제"를 창출하고 있다. 그 실제란 지극히 불가사의하고 그러면서도 지극히 의미심장한 것이 그 특징이다. 다시 말해 온전히 자기 특유의 의미로서의 실제이다. 이러한 현상은 특히 트라클의 색채상징성[192]에서 선명하게 알아볼 수 있다. 이 색채상징성이야말로 이 잘쯔부르크 출신 시인의 서정시들에 보이는 중요하고 지극히 매혹적인 양상을 표현하고 있기 때문이다.

보다 초기에 나온 시 속에는 인상주의적 소외현상(疎外現象)에도 불구하고 색채상징의 구체적인 실제와의 연관성이 존재하고 있었다. 예를 들면, *"구릉지에서는 포도가 황금빛으로 익어간다"*('아내의 축복')[193]라는 표현이라든가, 이 시의 다른 곳에서, *"나뭇잎들은 빨갛게 흐르듯 떨어진다"*라고 구체적이고 실제적

---

192 Farbsymbolik
193 '아내의 축복': *Frauensegen*, 1910

인 색채¹⁹⁴가 사용되고 있으며, 그리고 시, '인적이 끊어진 방에서'(*In einem verlassenen Zimmer*, 1910)에서는, "*뜨거운 이마는 느릿느릿 / 하얀 별들을 향해 기울인다*"라고 읊고 있다. 그러나 이미 시, '아름다운 도시'(*Die schöne Stadt*, 1910)에서는 "누렇게 조명된 교회"를 언급하고 있어, 추상화의 과정이 이미 시작되고 있으며 계속 발전해 갈 것이다. 색채들은 그 구체적 의미를 잃고 새로운, 이제까지 전혀 본 적이 없는 연관성에로 지양된다. 유명한 것은 예컨대, 트라클의 시에 여러 번 반복적으로 등장하는 "푸른 들짐승"의 경우다. 현실적으로 '푸른 들짐승'이란 존재할 수 없기 때문에, 자주 나오는 주된 모티프 중의 하나임에도 불구하고 일상적인 현실경험과는 마찰을 일으킬 수밖에 없다. 그러나 시인은 바로 그러한 현상을 통해 시행 안에서 상징적, 비유적인 "실제"(Wirklichkeit)를 창출해 내는 것이다. 그러한 상징적 혹은 비유적인 실제 안에서 색채들, 감정상태, 존재 상태를 표현할 수 있다. 그것들이 표현하는 것들을 구체적으로 확인할 필요는 없을 것이다. 예를 들어 트라클의 후기 시, '비탄'(*Klage*)에서 "*수정의 입으로 이루어진 젊은이여 / 그대의 황금빛 눈길을 골짜기 평야 안으로 침몰시켜라 / 숲의 물결이 빨갛고 황량하구나 / 컴컴한 저녁시간에.*"¹⁹⁵ 그러나 실제로 트라클은 단지 표현주의적–추상

---

194 황금빛으로 무르익은 포도송이를 가리키며, '빨갛게" 가을 단풍든 나뭇잎들 을 표현하고 있는 극히 정상적인 색채를 부여 하고 있다.

195 여기서 가령 "수정의 입으로 이루어진"라는 표현의 사실성을 따져본다면 그것은 이미 시가 아닌 것이다.

적 색채상들을 그리는 것보다 훨씬 더한 것을 성취하고 있다. 그의 전체 작품 속에서 추상화의 과정이 점진적으로 진전되어 가고, 표현주의적 소외현상이 한 걸음 한 걸음씩 서서히 상승되고 있는 바로 그 현상을 통해, 트라클은 하나의 자신만의 고유한 의미의 그물[196]을, 모든 상징들, 비유들이 서로 연관을 맺고 있는 하나의 이미지의 우주[197]를 창출해내고 있다. 트라클의 시작품들은 근본적으로 이미지들과 개념들에 있어 극히 한정적인 레퍼토아(Repertoire)를, 즉 목록을 가지고 시작업(詩作業)을 해간다. 그중에서 색채들은 결코 중요하지 않다고 말할 수 없는 부분을 차지하며, 푸른색, 흰색, 금빛, 검은색, 은빛, 수정으로 된 따위가 그 가운데서 아마도 가장 눈에 띄게 사용되고 있는 것들이다.

여기서 논리전개의 흐름을 잠시 중단하고 시작품의 이해를 돕기 위해 트라클의 색채상징들을 살필 필요가 있을 듯하다. 모든 색채 색깔들은 점차로 그 구체적인 대상에서 벗어나 지극히 개인적인 감정이나 정취를 표현하기 때문에, 예컨대 "붉은, 빨강"색(rot)은 항상 빨강이라고 단정적으로 정의할 수 없게 된다. 그러는 중에도 비교적 일관되게 혹은 모순되게 사용되는 색채, 색깔들의 목록을, 느슨한 목록을 만들어 본다. 강조하거니와 이들 의미 군들은 절대적이 아니며, 단순한 직관을 나타내는 것이 아니라 그 무엇인가를 상징하거나 비유이기 때문에 시의 흐름

---

196 의미의 그물: Bedeutungsnetz)₩
197 이미지의 우주: Bilder—Kosmos)₩

에서 유사하기도 모순되기도 하면서 그러나 어느 정도 일관성
은 유지하고 있기에 느슨한 대로 목록을 만들어 본다.

*파란, 푸른 blau,: 가장 많이 사용되는 색채. 대개는 긍정적
이나 때로는 죽음의 색조로도 사용됨. 희망, 구원
함, 신성함, 희생, 때로는 시체에 부가어로 사용되기
도 한다.
*붉은, 빨강(rot) : 대개는 부정적. '피'를 연상시킴으로써 출혈, 악
한 감정, 역병 등
*자홍(purpurne) : 주로 부정적인 것을 상징함, 우울. 평온. 고뇌
*진홍(purpur) : 태양(석양, 夕陽)의 색깔로 화사함, 영광, 황혼의 색조.
긍정적이기도 부정적 이기도 함.
*검정, 어두움, 암흑(schwarz, dunkel, finster) : 부정적인 이미지를 조성
함. 죽음, 우울한 감정, 공포, 파멸, 파괴, 부패 등등
*하얀, 창백한(weiss, blass, bleich) : 주로 부정적 이미지. 순결(흰색), 죽
음, 병색
*수정, 수정의(Kristall, kristallne) : 순결, 성스러움, 정화된 등 긍정적
인 이미지.
*황금빛의, 황금의(Gold, goldene) : 최고의, 값진, 영광, 충만함, 죽음
등. 주로 긍정적이나 죽음을 상징하기도 함.
*은빛의(silberne) : 순수, 순결, 죽음의 색깔
*녹색의(Grün, grün, grünlich) : 신선함, 생동력, 생명, 물(강물, 연못 등)과
같이 사용 할 때는 부패를 상징하며, 시체의 색깔이기
때문에 죽음의 색채이기도 하다.

*갈색의(braun) : 황폐, 폐허, 부패 등 부정적이 이미지.

*잿빛, 회색(grau) : 공포, 재난, 슬픔 둥 부정적 이미지

결국 이 모든 색조 색채 색깔들은 그 대상에서 이탈하여 그 구체적인 의미를 잃고 새로운, 이제까지 한 번도 본 적 없는 연관성(상징, 비유)에로 지양된다. 무엇보다 각각의 색채는 구체적 대상으로부터 이탈하여 특수한 독립성을 지니게 되는데 이는 시인 개인의 체험세계와 감정으로부터 형성된 특유의 가치를 각기 색조에다 부여함으로써 이루어진 것이다.

그 밖에 위에서 언급한 시적 상징망의 기본적인 개념들은 상태를 표현하는 것들로서 유년시절, 적막함, 죽음과 쇠락 등이며 시간적 모멘트로서 저녁, 밤, 황혼, 가을들이며 또한 트라클의 시작품 속에 등장하는 일련의 인물들인데 그 중에서 가장 자주 언급되는 누이동생, 어머니, 낯선 나그네, 천사, 들짐승, 태어나지 못한 자, 젊은이 들이다. 이 모든 중요한 의미 요소들은 점차적으로 익숙한 전후문맥에서 이탈하여 항상 새로운 컨텍스트 속으로 들어가 자리를 잡는다. 그것만을 볼 경우 종종 불가사의 하지만 트라클의 시작품들을 서로 연결시키고 새로운 연관성을, 하나의 새로운 의미의 우주를 창출하는 그물을 짜고 있는 것이다.[198]

최초의 트라클전집 역사비판 본의 출간인이며 편집인인 발터

---

198 Bedeutungselemente : Bedeutungskosmos

킬리(Walther Killy)[199]는 "이 잘쯔부르크 출신 시인의 전체 시작품은 실제로는 거대한, 서로 연관되는 하나의 유일한 시이다"라는 유명한 주장을 한 바 있는데, 이 발언의 정당성은 물론 완벽하게 입증할 수 있다. 트라클의 영상의 세계 혹은 이미지의 세계에서는 개개의 상징이나 비유들이 항상 서로 연관성을 지니며, 아래 위로 뒤바뀌며 서로 뒤섞여 녹아 용해된다. 그리하여 거의 하나의 유일한, 비록 불협화음을 내기도, 단편화(斷片化)되고 있기도 하지만 전혀 완전하지 못한 상이 생성되어 나오는 듯 보인다. 이런 현상이 가장 이해하기 쉽게 일어나는 경우는 트라클 자신의 고유한 삶의 세계에 대한 반영물들이다. 그러나 시적 작업[200]을 통해 하나의 "그 이상"[201]이 되는 것은 시에 나오는 인물들로서. 즉 죽음을 불러오는, 또한 동시에 삶을 불러오는 누이동생, 그리고 시인 자신을 표현할 수도 있을 마스크, 즉 가면들이다. 소년, 낯선 나그네, 젊은이 같은 인물들은 상대적으로 단순한 시적 작업을 통해 누이동생이라는 인물과 끊을 수 없게 연계되어 있다. 이들 인물들은 동일한 부가어로 결합되어 나타나며[202] 또한 누이동생은 *"창백한 달에 둘러싸인/ 젊은 여인,"*('심장', Das Herz)이 되며, 혹은 *"낯선 젊은 여인의 검은 그림자"*('계시와 몰락', Offenbarunng und Untergang)로 등장한다. 그러므로 이 인물은 시적

---

199 그밖에 Martin Heidegger도 같은 주장을 한 바 있다.

200 poetisch lyrische Verfahren

201 zu einem Mehr

202 예컨대 푸른색이라는 색조라든가, 은빛, 금빛 혹은 달이나 야생의 혹은 들짐승(blaue Wild) 따위,

자아를 표현할 수 있는 가면 모티프와 가장 밀접하게 결합되어
있다. 트라클은 자신의 서정적 우주속의 모든 인물 사이 대부분
에서 보다 복합적이고 모티프적인 연관성을 창출함으로써 그의
시작품 속에서 시적 자아가 거의 한 번도 나타나지 않음에도 불
구하고 그것이 모든 영상들[203]로부터 조각조각 분열되어 마주
쳐다보고 있는 것처럼 보이게 하고 있는 것이다. 이 같은 다양
하게 반영되는 "자아"는 절망적으로 분열되어 있으며, 수천 개
의 거울들에서 자신의 얼굴 속으로 들여다보며 다양성 속에서
하나의 단일화를 추구한다. 이 단일화는 누이동생이라는 인물
과 양성적인 결합[204]에 대한 극히 소심한 희망 속에 나타날 것
이지만 그러나 그것은 또한 무에로 이끌어 갈 수도 있는 결합이
다. *"파르스름한 거울에서 누이의 가녀린 형체가 걸어 나와 죽*
은 듯이 어두움 속으로 쓰러졌다."('꿈과 정신착란', *Traum und Umnachtung*)
그러나 트라클에서 항상 그러하듯 상반되는 것들이나 전체적인
것, 그리고 무(無)는 실제로 다른 것이 아니라 궁극적으로는 동
일한 것으로서 – 그것을 지속적으로 유지하는 것으로 여겨지
는, 분리될 수 없는 상반된 감정의 병존이다.[205]

극히 협소하게 제한적인, 그러면서도 경계선을 넘어 넘치는
우주 속에서 트라클의 시들은 각기 단 하나 주제의 극히 독자

---

203 원어: Gedsichtern
204 hermaphroditische Verbindung : 양성적인 결합, 자웅동체적인 결합
205 unaufgelöste Ambivalenz

적인 변형(Variation)처럼 읽힌다. 이 주제는 그러나 그 자체로서 항상 가려져있거나 표현되지 않는 상태에 있다. 그것은 어쩌면 하나의 심리적인 전체성, 통일체를 향한 인간의 투쟁일 수 있으며, 인간의 조건(condition humana)으로서의 완만한 쇠락일 수도[206], 몰락과 구원이라는 앰비발렌츠, 거대한 죄악과의 투쟁일 수도, 삶의 부질없는 희망('기울은 여름', *Sommersneige*)일 수도 있는 데 — 이모든 것 전체를 합친 것일 수도 또한 그 중 아무것도 아닐 수도 있다. 이같이 지속적인 변화와 부유(浮游) 그리고 그 어떤, 정의 내릴 수 없지만, 그러나 예감할 수는 있는 주제의 회전은 트라클의 시작품들을 극히 매혹적으로 그리고 사뭇 함의적(含意的, vielsagend)으로 만들어 준다. 실제로 여기에 모든 것들은 처음 얼핏 보았을 때 여겨지는 것과는 전혀 다른 그 어떤 것이곤 하다. 그것들은 보다 심오한 관조를 촉구하며, 하나의 지속적인 관찰을 촉구하는 것이다. 마치 항상 동일한 것을 비춰 보여주면서도 항상 다른 것을 표시하는 거울 속을 들여다보는 시선처럼. 마지막으로, 트라클의 언어를 직접 인용하면, 그 자신의 위대한 시, '헬리안'(*Helian*)의 한 구절에서, *"그러나 영혼은 올바른 관조에 기꺼워한다"*[207]라는 표현의 정당성을 인정해야 할 것이다.[208]

206 langsame Verfall als *conditio humana* ; Amvivalenz von Untergang und Rettung

207 Doch die Seele erfreut gerechtes Anschaun

208 Katharina Maier, *Der Raum im Spiegel, Ein Vorwort zu Trakls Dichtung*
(카타리나 마이어, 「거울 속의 공간, 트라클의 시작품에 대한 머리말.
기본 텍스트로 삼아 발췌, 생략, 첨가, 주해 등 옮긴이가 편집하였음을 밝힌다.

떠나간 자의 노래
Gesang des Abgeschiedenen
- 게오르크 트라클 시선집 -
Georg Trakl ausgewählte Gedichte(1887-1914)

초판인쇄 2021 11월 10일 / 초판 발행 2021년 11월 17일/ 저자 게오르크 트라클/ 옮긴이 이정순/ 펴낸이 임용호/ 펴낸 곳 도서출판 종문화사/ 편집디자인 디자인오감/ 인쇄 천일문화사/ 제본 영글문 화사/ 출판등록 1994년 4월 1일 제22-392/ 주소 서울 은평구 연서로 34길 2 3층/ 전화 02)735-6891, 팩스 02)735-6892/ E-mail jongmhs@hanmail.net/ 값 17,000원/ ⓒ 2021, Jong Munhwa-sa printed in Korea/ ISBN 979-11-87141-71 -6 03850 잘못된 책은 바꾸어 드립니다.